Umschlagfoto: Martin Andreas Walser © 2007
Copyright © 2016 Martin Andreas Walser
Herstellung und Verlag: BoD - Books on Demand, Norderstedt
ISBN: 9-783741-208959

Die Deutsche Nationalbibliothek verzeichnet diese Publikation in der Deutschen Nationalbibliografie; detaillierte bibliografische Daten sind über http://dnb.d-nb.de abrufbar.

Martin Andreas Walser

Ausblick auf ein Plateau, an dessen äußerstem Rand drei Bäume, eine Sitzbank und ein ehemaliger Stall stehen könnten

Ein Sommerflimmern

Auf der Hochebene

Hinausgetreten auf die Ebene nach einem wenig beschwerlichen Aufstieg auf einem von staubigem Nadelgehölz gesäumten Weg; furchiges, rötliches Braun, darüber der makellos blaue Himmel, dehnt sich aus bis zu einem vorläufigen Horizont, an dem linkerhand drei kläglich schiefe Bäume stehen. Darunter eine Sitzbank aus Holz. Jemand sitzt darauf, so unbeweglich, dass man meinen könnte, es handle sich um eine Skulptur, erschaffen und hingepflanzt auf das raue Holz von einem wahren Künstler, einem begnadeten Handwerker.

Die am Rande der Ebene stehende Person, noch wollen wir ihres Geschlechts ungewiss sein, erblickt einen breiten Rücken, einen Hinterkopf. Und nimmt rechterhand, in einem Abstand von vielleicht hundert Metern, höchstens, von der Bank mit der sitzenden Person oder der Skulptur, dies ist ebenfalls noch nicht entschieden, sowie den drei knorrigen Bäumen ein gedrungenes Gebäude wahr, einen vormaligen Stall mit ziemlicher Sicherheit, was sonst sollte man hier auch errichtet haben, aufgefrischt, aufgewertet und bei dieser Gelegenheit, oder eigens und ausschließlich zu diesem Zweck, eine bloße Vermutung, ausgebaut zu einer einfachen Unterkunft. Das makellose Weiß der Fassaden bildet einen scharfen Kontrast zum dunklen Steindach. Dieses Weiß in der gleißenden Mittagssonne: so wohlwollend es sich in das Gesamtbild einfügt, schmerzt es doch in den Augen des Individuums, das am hinteren Rand des Plateaus verharrt, in ihrem Rücken jenen sanft abfallenden Abhang, bewachsen mit lockerem Gehölz, den die Person eben mit Leichtigkeit gemeistert hat; sie ist seit jeher viel und gerne zu Fuß unterwegs, ist geübt darin, liebt das Gehen, fast wollte man etwas übertreiben, wozu einen zweifellos das Licht, die Sonne, die Hitze verleiten, und keck behaupten: über alles. Keiner Bewegung fähig ist die Person, die hier steht, überwältigt von diesem harmonischen, friedlichen, jeglicher vorstellbaren Alltagswelt entrückten Ausblick.

Ein der Welt entrückter Ausblick: Genau das Richtige an einem Tag wie diesem, mag die Person denken, der Betriebsamkeit entflohen, die sie mag und verabscheut, beides gleichzeitig und unentschieden stark; sie könnte hierbleiben, auf immer und ewig, flammt ein Wunsch in ihr auf, von dem sie weiß, sie würde ihn sich nicht erfüllen wollen, käme es darauf an, sich entscheiden zu müssen.

An besondere Umstände, die sie dazu verleiten könnten, es dennoch zu wagen, mag sie gar nicht erst denken.

Einem wachen Geist, der sich unvermittelt und unerwartet mit diesem Bild konfrontiert oder beschenkt sieht, werden sich augenblicklich Fragen stellen, denn es wird sich in ihm Neugierde geregt haben. Sie wollen wir voraussetzen. Ein Geist, der nicht begierig darauf ist, unermüdlich zu lernen, zu erfahren, zu ergründen, der zu keinem Zeitpunkt den Dingen auf den Grund gehen, das Bild hinter den Bildern entschlüsseln will, mit denen man ihn glücklich oder zumindest zufrieden oder traurig oder betroffen stimmen oder mit denen man seine schlimmsten Befürchtungen ruhig stellen will, ist kein wirklich wacher Geist; er wird über kurz oder lang dahindümpeln in sinnleerer Selbstgefälligkeit, gefangen im Käfig der irrigen Annahme, ihm sei alles und jedes bekannt, er brauche sich nicht weiter zu bemühen, seinen Wissenshorizont auszudehnen in alle Richtungen des mehrdimensionalen Raums, oder versunken im Sumpf der Resignation, abgewandt von der Welt und somit vom Leben.

Der wirklich wache Geist wird sich angesichts dieses möglichen Ausblicks also sogleich oder nach einer Weile des stummen, vielleicht andächtigen Betrachtens, zum Beispiel, fragen, ob die Person auf der Bank und das Haus vorne an der Klippe zusammengehören, ob die sitzende Gestalt, verriete sie in absehbarer Zeit durch eine minime Regung, dass es sich bei ihr tatsächlich um einen lebenden Menschen handelt, permanent in dieser Einsamkeit lebt oder ob sie, immerhin oder bloß, wir lassen es dahingestellt, ihren Urlaub in dieser Einöde verbringt, ob sie seit längerer Zeit in dieser Gegend heimisch oder unter Umständen erstmals und nur für einige Tage, für eine, eventuell zwei Wochen und von weit her angereist ist.

Weshalb in diesem Fall, zu welchem Zweck: um Ruhe zu finden, um Abstand zu gewinnen von einem schmerzlichen Ereignis vielleicht, oder um, banaler, durchzuatmen, weil der Alltag zu Hause derart hektisch geworden ist, dass man ihn kaum noch erträgt, oder, wieder bedeutungsschwerer, um Gedanken zu ordnen, Entscheidungen zu treffen für die Zukunft, oder um die Seele von Ballast zu befreien, oder weil sich die reglos verharrende Person erhofft oder sich aufgrund früherer, ähnlicher Erfahrungen sicher sein kann, die vom täglichen Müll verschüttete Kreativität werde, die viel beschworenen und besungenen Lebensgeister würden durch diesen Aufenthalt wiedererweckt? Geschichten werden denkbar bei jeder Momentaufnahme des täglichen Lebens, die man mit seinen Augen irgendwo draußen in dieser Welt in sich aufnimmt. Was ergibt sich daraus? Dem abwesend Neugierigen, dem Unbeteiligten, nur dieses Bild, diesen flüchtigen Augenblick vor Augen, eröffnen sich die phantastischsten Reisen in das Traumland möglicher Geschichten.

Die am Rand der Ebene stehende Person, möchten wir vorerst unter Umständen am liebsten denken, dies bedeutete jene Bewegung, derer es bedürfte, die Geschichte vom Fleck kommen zu lassen, könnte sich nach einer Weile des Staunens aus ihrer Erstarrung lösen, die Distanz bis zur bescheidenen Baumgruppe überwinden, sich neben die Person auf der Bank stellen, dass es sich nicht um eine Skulptur handle, steht für die staunend, die andächtig, die verwundert verharrende, die das Bild ausgiebig und ohne jede Hast betrachtende Person aus uns verschlossen bleibenden Gründen mittlerweile fest, oder sich allenfalls gar schon in diesen ersten Momenten der Begegnung, in denen man sich noch gänzlich fremd ist, zu ihr setzen, auf deren Aufforderung hin oder, schlimmstenfalls oder glücklicherweise, ungefragt, sie könnte also den Versuch wagen, beantwortet zu erhalten, was die Neugierde in Erfahrung zu bringen ihr aufgetragen zu haben scheint. Ansonsten bliebe, müsste, könnte, sollte sich die alle Möglichkeiten abwägende Person am anderen Ende der Ebene bewusst geworden sein, reine Spekulation, Vermutung, Annahme, was dieses Bild an Geheimnissen zu bergen scheint, wohinein sie unerwartet getreten ist nach nicht mehr als einer Stunde Fußmarsch, der sie hierher geführt hat vom zwar beschaulichen, aber gleichwohl fröhlichen, ihr mitunter eine Spur zu lauten Urlaubsort in unmittelbarer Nähe zum Strand. Doch die Person, die sich in diese Szenerie verpflanzt sieht, wird einige weitere Minuten zögern: sich der Neugierde kampflos zu ergeben, entspricht nicht ihrer Art.

Und die auf der Bank sitzende Person? Sie dürfte unweigerlich wahrgenommen haben, was sich in ihrem Rücken ergeben hat. In einer Umgebung, in der sich kaum je etwas rührt, wird dem sensiblen Erdenbürger jede noch so geringe Veränderung nicht unbemerkt bleiben (dass ein uninteressierter, abgestumpfter, gelangweilter, bloß dem Tod entgegen vegetierender menschlicher Klotz sei, der sich hier zu mehr als einer kurzen Verschnaufpause niedergelassen hat, ist undenkbar). Vögel vielleicht, die aus dem lichten Gehölz am Abhang aufgeflogen sind, ein Hund in der Ferne, dessen ungewohnt nervöses Kläffen die sich seinem Refugium nähernde Person angekündigt hat, ihre zwei, drei ersten, knirschenden Schritte auf die Ebene hinaus, könnten die in diese Oase der Stille vorgedrungene Person verraten haben.

Der sitzende, der in sich ruhende Mensch könnte sich im Verlaufe des späten Vormittags zur Bank begeben haben, nichts weiter dabei als ein Buch, das endlich zu lesen er sich vorgenommen hat. Es wäre, lesen wir aus der Haltung des Sitzenden, ohne dies zu sehen oder wissen zu können, weitgehend beim guten Vorsatz geblieben; das Buch liegt aufgeklappt neben ihm auf der Bank. Ist die Stille derart vollkommen und wird das Blickfeld, hebt man die Augen, durch nichts eingeengt, öffnen sich ihnen also scheinbar unendliche Weiten, so wird sich das Gehirn öffnen und werden die Gedanken sämtliche Fesseln abwerfen, jene der Konventionen, denen man sich kaum je zu entziehen vermag und die einen im Alltag mitunter plagen bis zum unkontrollierbaren Wuchern eines Magengeschwürs, und werden Schranken hinter sich gelassen, überwunden, niedergerissen, jeglicher Skrupel, sie zu überschreiten, wird abgewischt mit jener Lässigkeit, mit der die Hand ein lästiges Stäubchen vom Kittel entfernt; alles Einengende gerät für die Zeit dieses stummen, einsamen Verweilens in der grenzenlosen Freiheit vorübergehend in Vergessenheit, alles, was an Sorgen sich üblicherweise knapp unter der Oberfläche der mehr oder minder empfindsamen Haut schmerzhaft bemerkbar macht, wie sie sich aus dem täglichen Leben unweigerlich ergeben, wird für eine wohltuende, eine reinigende, heilende Weile in Vergessenheit geraten sein. Erst dies erlaubt es, in Bereiche vorzustoßen, die ansonsten verschlossen bleiben. Keine Alltagsfragen, die Sorgen, Nöte, Befürchtungen von eben weit entfernt, es zählen nur das Jetzt und das Hier und was werden könnte, ließe sich alles frei der Alltagsfesseln gestalten, die den einen Menschen mehr, den Mitmenschen weniger einengen.

Diese Momente mögen selten sein. Umso mehr lohnt es sich, sie auszukosten, sie zu genießen. Deshalb ist sich die Person auf der Bank nicht böse, vom Vorsatz des Lesens abgelassen zu haben; sie träumt mit halb geschlossenen Augen vor sich hin, lässt mit sich geschehen, was der Moment für sie bereit hält und gewährt den Gedanken freien Flug; auf keinerlei Ziel, nicht auf bestimmte Dinge oder Menschen oder Ereignisse gerichtet, fühlt und spürt die sitzende Gestalt das Leben an sich und möchte, obwohl sie von der Unmöglichkeit dieses Wunsches weiß, nie mehr zurückkehren in den normalen Alltag. »In einer Welt«, könnte dieser Mensch am Vorabend nach der Rückkehr in seine Hütte seinem schwarzen Notizheft anvertraut haben, »in der man sich von Tag zu Tag beengter und eingeschränkter wähnt, gibt man sich nur zu gerne der Illusion einer existierenden Unendlichkeit hin, wie sie sich beim Blick auf die scheinbar grenzenlose Weite des Meeres einstellt.«

Und dann dies: Etwas ist eingedrungen in diese Harmonie.

Die Person auf der Bank macht keine Anstalten, sich umzudrehen, will nicht wissen, was sich in ihrem Rücken ergeben, verändert, die Stille gestört hat. Vielmehr, eher instinktiv, denn als Teil eines Plans, beschließt sie, regungslos zu verharren, bis sich der vormalige Zustand erneut eingestellt haben wird. Zeit ist hier oben keine relevante und schon gar nicht eine entscheidende Größe, Ungeduld, gar Verärgerung über die Störung, wird sich nicht breitmachen, nichts es schaffen, die Seele zu vergiften und die Laune zu verderben.

Wird aber, wer auch immer am Rand des Feldes steht, die Annäherung wagen oder die entflammte Neugierde zu zügeln wissen, unter Umständen, weil die das Für und Wider sorgsam abwägende Person keineswegs interessiert ist an einer möglichen Begegnung, einem eventuellen Gespräch mit einem unbekannten Menschen? Ihr wäre immerhin derselbe Wunsch, das nämliche Bedürfnis wie dem auf der Bank sitzenden Menschen zuzubilligen: ungestört die Ruhe, die Stille, die Einsamkeit genießen zu wollen.

Vielleicht also sollten wir sie einfach ziehen lassen, ohne dass sich etwas ereignete oder gar ergäbe aus dieser scheinbar zufälligen Anordnung dreier mickriger Bäume, darunter einer Bank, auf der jemand sich niedergelassen hat, einem umgebauten Stall in einiger Distanz, einem rötlichbraunen Acker und diesem Menschen, der alles vom anderen Ende des Plateaus über dem Meer aus betrachtet.

Vordergründig scheint ohnehin mehr zu sprechen dafür, dass, wer da steht, nach einiger Zeit weitergeht, ohne der Person auf der Bank weitere Aufmerksamkeit zu schenken. Man befindet sich im Urlaub, man will sich nicht an einen menschlichen Kontakt, schon gar nicht in dieser Einöde, heranwagen, kein anderer Mensch weit und breit, der zu Hilfe eilen könnte oder würde, verliefe die Begegnung ganz anders als harmonisch. Das im vorliegenden Beispiel hier zufällig anwesende Individuum befürchtet halb im Unterbewusstsein obendrein, in die andere, jene Richtung denkend, die man zumeist als die positive bezeichnet, ihr Vordringen in das schlichte Dasein der sitzenden Person könnte ungewollt eventuell sogar Weichen stellen für die unmittelbare Zukunft, sich lenkend auswirken auf die wenigen, noch verbleibenden Urlaubstage und allenfalls auf die Zeit danach.

Weshalb sollte sie, wird sich diese Person fragen, jeder als solcher bezeichnete oder sich so bezeichnende »normale Mensch«, glaubt sie unverrückbares Wissen abzurufen, würde wohl diese Variante wählen, aus dieser sicheren Distanz nicht einfach dankbar den Ausblick genießen, der sie vage, sie vermag sich nicht zu entsinnen, bei welcher Gelegenheit und in welchem Museum, in welcher Galerie entdeckt, an ein Gemälde erinnert, vor dem sie einst mit einigem Interesse und entsprechend länger als vor anderen Kunstwerken verharrt hat? Sodann ruft sie sich in Erinnerung und ist amüsiert, dass sie ausgerechnet jetzt daran denkt: Sie habe schließlich eine Erziehung genossen, nicht näher ausgeführt und definiert als »gut« zu bezeichnen, in der die nicht auf ein bestimmtes Wissensziel gerichtete Neugierde mitnichten als herausragend positive Haltung galt, ganz im Gegenteil. »Vorwitzig zu sein«, klingt die längst vergessen geglaubte Ermahnung aus der Jugendzeit wieder in ihrem Ohr auf, unzählige Male von einer Mutter mit tiefen Sorgenfalten auf der Stirn wiederholt und doch stets wieder in Vergessenheit geraten oder bewusst missachtet, »ist durch nichts zu entschuldigen.« Nebst der Erziehung sich als ausschlaggebend erweisen dafür, sich abzuwenden und weiterzugehen, könnten sodann eine angeborene Scheu, die durch nichts je wirklich bezwungene Schüchternheit oder jene Diskretion sein, der man sich spätestens im Berufsalltag zu verpflichten, ja nachgerade zu unterwerfen hatte. Am längsten denkt die Person am Rande des Feldes aber darüber nach, oft lehrt die eigene Erfahrung das bestimmten Situationen am besten entsprechende Verhalten, dass man selber nicht gerne ungefragt angesprochen, ausgehorcht, um persönliche Auskünfte gebeten wird, man diese unangenehme Schnüffelei nachgerade hasst. Ist man unter anderem nicht gerade deswegen an diesem Tag dem Strandhotel entflohen? Um den nach Informationen über die Mitgäste lechzenden Urlaubern zu entkommen und damit gleichzeitig den träge in der Sonne liegenden oder über die Liegen hinweg Gerüchte und Mutmaßungen austauschenden Menschen, den im Wasser planschenden Kindern, denjenigen, die bereits vor Mittag lautstark zu erkennen geben, dass sie sich bereits wieder in bester Partylaune befinden, weshalb sie sich erneut nach allfällig zum Mitfeiern geeigneten Objekten umsehen? Um seine Ruhe zu haben also und, für einige Stunden wenigstens, unbehelligt zu bleiben von neugierigen Fragen. So verhielt es sich doch! Also sollte man dieses Recht dem Mitmenschen ebenfalls gewähren; jener, der auf dieser Bank Platz genommen hat, ruft sie sich zur Vernunft, dürfe es ebenso in Anspruch nehmen wie man selbst.

Natürlich müsste man nun über die Person mehr in Erfahrung bringen können, die am Rand des offenbar unbebauten, allenfalls, was die tiefen Furchen zu verraten scheinen, mit dem Pflug für eine spätere Aussaat vorbereiteten Ackers steht, um ihre Entscheidung vorhersagen, abschätzen, um vermuten zu können, wie sie sich verhalten wird. Denn wer vermag schon eine Person einzuschätzen mit nur einem einzigen, ziemlich flüchtigen Blick, den man auf sie werfen konnte anhand einer diffusen Skizze, die jemand von ihr angefertigt hat?

Beispielsweise könnte je nach Charakter, Wesensart, Gemütslage der betreffenden Person dem Entschluss, trotz aller Bedenken vor- oder einzudringen in dieses harmonische Bild, weniger eine unstillbare (oder gar: sensationslüsterne?) Neugierde zugrunde liegen, als vielmehr die Besorgnis, dem einsam auf der Bank sitzenden Mitmenschen könnte etwas widerfahren sein, was ihn offenbar daran hindere, sich zu bewegen. Steif sitzt er da. Selbst bei längerer Betrachtung deutet nichts darauf hin, dass er lebt. Der Verdacht, ein schreckliches Schicksal habe ihn ereilt, wird nicht nur jene befallen, die es sich gewohnt sind, in Fernsehkrimis ständig mit der vermeintlichen Tatsache konfrontiert zu werden, dass Leichen in den unwahrscheinlichsten Momenten und an den obskursten Orten entdeckt werden, und aufkeimende Sorge über den gesundheitlichen Zustand eines Menschen darf auch nicht leichtfertig auf jene Zeitgenossen eingeengt werden, die mit Leichtigkeit in allen Lebenslagen scheinbar lohnende Subjekte ausmachen, die der unverzüglichen Hilfe und der aufopfernden Fürsorge bedürfen, denn, so völlig ohne jegliche Regung, wie die Person auf der Bank sitzt, ist der schlimme Verdacht letztlich jedem unvoreingenommenen Betrachter zuzutrauen. Sie könnte in dieser Haltung überraschend von einem Herzanfall getroffen worden sein oder, sie müsste noch nicht einmal einen plötzlichen Tod gefunden haben, ein anderes Vorkommnis, uns unbekannt, wir müssten erst, wie dies heute gang und gäbe zu sein scheint, im Internet danach forschen, könnte sie zur Unbeweglichkeit verdammt haben. Welcher verantwortungsbewusste Mensch, allen gegenteiligen Beispielen zum Trotz ist diese Spezies in unserer Gesellschaft durchaus weiterhin existent, wollte angesichts dieser Befürchtung und der sich sogleich und unweigerlich einstellenden, hämmernden inneren Unruhe einfach weitergehen, ohne zuvor nachgesehen zu haben, ob mit der an der Klippe sitzenden Person alles in Ordnung ist?

Schieben wir derart düstere Gedanken beiseite. Vielleicht hat die am hinteren Rand des Plateaus stehende Person ja etwas wahrgenommen, was wir übersehen haben, ihr aber eindeutig verraten hat, dass die auf der Bank sitzende Person lebt, und unterstellen wir, die abwägende möchte ohne eine zwar denkbare, ihr jedoch abgehende Gier nach Neuigkeiten, aus einer spontanen Regung heraus also, mehr über die an der Klippe ruhende Person erfahren, und dieser Drang wäre stärker als alles andere, die vermeintliche Vernunft eingeschlossen: Wie sollte sie es anstellen, dem entspannt auf der Bank unter den Bäumen ruhenden Menschen etwas über seine Person, sein Dasein zu entlocken, ohne augenblicklich dessen Zorn auf sich zu ziehen, würde sie sich der Gestalt auf der Bank annähern? Die über ihr weiteres Vorgehen unentschiedene Person könnte, wollen wir darüber hinaus einmal annehmen, nicht sonderlich geübt sein darin, Menschen auszufragen. Vorzutreten und die Person anzusprechen, fiele ihr zudem ein, könnte von zufälligen Beobachtern gar als unverzeihliche Ungeheuerlichkeit gegeißelt werden, weil sie in deren Augen damit das friedliche Bild zerstört hätte.

Es wird somit kaum vollständig zu ergründen sein, weshalb die knapp vor dem Beginn des Ackers stehende Person letztlich trotz aller Bedenken beiseite schiebt, was die Vernunft ihr diktieren will. Also setzt sie sich nun in Bewegung und durchmisst die Ebene bis zu deren vorderen Begrenzung. Langsam sehen wir sie über das Feld gehen, gemessenen Schrittes und somit noch jederzeit in der Lage, sich, hofft sie, ungehört und unbemerkt umwenden und weggehen, sich wegschleichen zu können, sollte der Verstand die Kontrolle über ihr Handeln letztlich doch wieder übernehmen wollen. Sie bleibt jedoch unfähig zu tun, was die zwei am Strand verbliebenen Mitgereisten mit ziemlicher Sicherheit als vernünftig und normal bezeichnen würden. Somit gelangt sie, gleichsam in Trance, geführt von einer Kraft, die ihr unbekannt, ungeheuer, stärker ist als jeder denkbare, noch so erbitterte Widerstand, nach kurzer Zeit dorthin, wo das Braun des Ackers abbricht und es steil hinuntergeht bis zur felsigen Küste, die Neugierde als Ursprung dieses kurzen Marsches innerlich verneinend und sich das vermeintlich unstillbare, das eingeredete, keinen Aufschub duldende Bedürfnis als wahren Grund zurechtlegend, genau hier und jetzt und an dieser Stelle das Meer sehen und das sanfte Gekräusel eines von kaum spürbaren Lüftchen bewegten Wassers betrachten zu wollen. Speziell deshalb habe sie diese Wanderung doch letztlich unternommen: um die immer neuen Bilder zu schauen, erschaffen von sanften Wellen, die den Fels umschmeicheln, und um dabei dem leisen Geräusch, es soll beruhigend wirken, zu lauschen, wie es das Aufeinandertreffen von Stein und Wasser selbst dann verursachen, liegt das Meer praktisch vollkommen ruhig da wie derzeit, der unablässigen Bewegung des Wassers ihre ungeteilte Aufmerksamkeit zu schenken.

Dem auf der Bank sitzenden Mensch entgeht, nachdem wir diese Entwicklung der Geschichte zugelassen haben, natürlich nicht, dass jemand sich bis zur

Klippe vorgewagt hat und, gottlob!, rechtzeitig stehenbleibt, derart nahe an den Abgrund getreten offensichtlich in der einzigen Absicht, welche Erleichterung!, auf das Meer hinunterzublicken.

Noch unterdrückt die Person, die über das Wasser blickt, eine Linksdrehung des Kopfs, die es ihr erlauben würde, die reglos auf der Bank sitzende Gestalt zu mustern. Erwartungsvoll verharrt der Mensch an der Klippe in der Hoffnung, die Stille werde demnächst durchbrochen, indem von der Bank her beispielsweise ein »Schön hier, nicht wahr?« erklänge und sie sich davon eingeladen fühlen könnte, einige vorsichtige Schritte näherzutreten. Eine angenehme, warme Stimme, erhofft sich die am Abgrund stehende Person. Und sie ist sich sicher, diese wenigen einleitenden, banalen Worte mündeten unweigerlich in ein angeregtes Gespräch, denn die üblichen Floskeln des vorsichtigen Vortastens wären schnell einmal überwunden. Sie ist sich dessen gewiss, ohne dahinter zu kommen, worauf sich ihre Überzeugung stützt. »Sie leben hier?«, würde sie vielleicht antworten, oder auch nur, vielleicht besser, um die Neugierde nicht sogleich allzu offensichtlich werden zu lassen: »Ja, wunderbar dieser Ausblick.«

Vorerst über die Distanz zwischen Bank und ihrem gegenwärtigen Standort tauschte man einige belanglose Worte aus, stellt sich die Person an der Klippe vor; sie lobte die Sicht, »zumal bei diesem prächtigen Wetter«, würde in der von ihr behaupteten Einzigartigkeit des Ausblicks bestätigt und könnte anschließend einfließen lassen, die Insel entfalte erst an solchen Stellen abseits der Touristenorte ihre wahre Schönheit, was von der Bank her als absolut zutreffend kommentiert würde.

Die Person auf der Bank würde sich nicht erheben, sie als hinzugekommene sich Schritt für Schritt nähern. Sie bliebe immer wieder stehen, nicht zuletzt, um eine mögliche Verstimmung, eine abwehrende Handbewegung ähnlich jener, mit der man lästige Fliegen oder Mücken wegzuwedeln versucht, oder eine Veränderung, eine Verhärtung am ehesten, der Gesichtszüge rechtzeitig zu bemerken, und sie würde sich, weil wahrscheinlich nichts davon einträte, auf diese Weise endlich bis zur Bank vorgewagt haben, um sich schließlich, aufgefordert, »Nehmen Sie doch Platz«, oder eingeleitet mit einem: »Sie erlauben?«, hinzusetzen.

Noch aber hat sich nichts dergleichen eingestellt. In unserer heutigen, hektischen, oberflächlichen, rasanten Epoche, in der wir zu leben haben, könnte man sich selber, obschon man sich Widerstand gelobte, schnell einmal nachgerade genötigt fühlen, seine Geschichte ebenso temporeich voranzutreiben, wie die Zeit davonzueilen scheint, nur um der sich im Sekundentakt verändernden Umwelt zu genügen oder weil man ebenfalls in den Sog, die tödlichen Strudel der grassierenden Unrast geraten ist. Wir aber wollen das Gegenteil wagen, also vorerst wieder innehalten und resümieren:

Eine Person hat die Ebene betreten.

Sie hat drei krumme Bäume, eine Sitzbank, worauf jemand sitzt, und eine Hütte wahrgenommen und nach längerem Staunen und intensivem Überdenken der möglichen nächsten Schritte der Regung nachgegeben, bis zu der Stelle vorzutreten, wo sie hinuntersehen kann auf das beinahe vollkommen ruhig daliegende Meer.

Hier steht sie nun und blickt abwechselnd auf die Wasserfläche und in die Ferne, wo Meer und Himmel fast ohne erkennbare Trennlinie ineinander übergehen.

In diesem Moment, in dem sich alles, was sich weiter ergeben könnte, noch in der Schwebe befindet, wollen wir eine weitere Person auf dem nämlichen Weg, den die vorherige genommen hat, die Szenerie betreten lassen, nachdem sie, schwitzend und keuchend, weil gänzlich ungeübt im Wandern, weshalb sie außer Atem und ziemlich erschöpft ist, den von ihr als ziemlich anspruchsvoll wahrgenommenen Aufstieg gemeistert hat. Sie nimmt in einiger Entfernung, auf der gegenüberliegenden Seite eines Ackers am äußersten Rand des Plateaus, drei karge Bäume wahr, die eine Bank umgeben, worauf jemand sitzt. Und in gebührendem Abstand eine Person, die etwa in der Mitte der Distanz zwischen der Baumgruppe und einem einfachen Haus steht, dessen Weiß wunderbar leuchtet und im Zusammenspiel mit dem durch keinerlei Schlieren getrübten, vollkommenen Blau des Himmels ein Bild ergibt, wie man es eigentlich nur von Postkarten kennt. Ein früherer Stall, vermutet die tief durchatmende Person, die exakt an derselben Stelle stehengeblieben ist, an der die zuvor eingetroffene Person längere Zeit verharrt hat, die währenddessen über die Klippe in die Tiefe blickt.

Vorsichtig.

Sehr vorsichtig!

Was sich aus ihrer auf jede unliebsame Überraschung vorbereiteten, angespannten Haltung ablesen lässt: Leicht vorgebeugt, etwas in die Knie gegangen, sodass sie sich, drohte sie plötzlich zu wanken, vielleicht, weil ein Schwindel sie befiele, augenblicklich nach hinten fallen lassen, den drohenden Sturz weit hinunter und den unvermeidlichen Aufprall auf die Felsen vermeiden könnte. Sie sieht, verglichen mit den üblichen Gästen dieser Insel, ungewohnt, nämlich reichlich unelegant aus, urteilt, wer sie von weitem betrachtet. Beide Menschen verharren bewegungslos, als handle sich, was sich dem Auge zeigt, um eine Fotografie oder ein Gemälde. Zwischen der neu in diese Mittagsszenerie eingetretenen Person und diesem Bild voller Harmonie und Stille liegt der offenbar vor Wochen gepflügte Acker, die Oberfläche von der unerbittlichen Sonne bereits wieder zu Kruste und Staub ausgetrocknet; rotbraune Erde links und rechts eines schmalen Trampelpfades, der direkt auf die an der Klippe stehende Person zuzuführen scheint.

Das hinzugekommene Individuum wird sich vermutlich, schon eher mit Sicherheit, ebenfalls Fragen stellen. Die nämlichen zum Teil wie die Person zuvor, doch, der Veränderung entsprechend, die sich inzwischen eingestellt hat, logischerweise auch neue. Die Frage allerdings, ob er weitergehen soll oder nicht, wird diesen Mensch allerdings nicht umtreiben. Ihm ist klar, dass das Ziel, wenn schon, denn schon!, nicht diese Anhöhe sein kann, sondern der in einer ansprechenden Bucht hübsch um einen Hafen mit teuren Privatbooten gruppierte Badeort in östlicher Richtung, der im Gegensatz zum Nest im Westen der Ebene, in dem er seine Familienferien verbringt, wesentlich mondäner daherkommt und entsprechend ein ganz anderes Publikum anzieht.

Beim Neuankömmling handelt es sich um einen Mann, einen, biederen, würde man urteilen, würde man seiner ansichtig, und damit nicht falsch liegen, Familienvater, der mit Frau und Kindern auf der Insel zwei Wochen Urlaub verbringt. Er hat sich am Morgen auf diesen Marsch begeben nach einer unbedeutenden Auseinandersetzung mit seiner Frau, man könnte behaupten: entstanden oder heraufbeschworen, damit er einen Grund hätte (und sich unterwegs kein schlechtes Gewissen entwickeln würde), den quengelnden Kindern zu entfliehen. Papi, mir ist langweilig, Papi, ich will mit der Clique heute Abend in die Disco, Papi, ich will Geld für ein Eis und eine Cola. Immer und den ganzen Tag hindurch an ihn gerichtete Beschwerden, Anliegen, Forderungen, während seine bildhübsche Frau, das Oberteil ihres in seinen Augen ohnehin schon viel zu knappen Bikinis abgelegt, es sich auf der Liege beim bunten Sonnenschirm an der Sonne bequem gemacht hat, die Augen geschlossen hinter der großen Sonnenbrille. »Ginge es nach dir, du würdest splitternackt am Strand liegen«, hatte er gesagt, und sie schnippisch entgegnet: »Warum auch nicht?« Worauf ihm keine anderer Ausdruck der Entrüstung eingefallen war, als sich wortlos die neuen Markenschuhe anzuziehen und beim Hinausstürmen die Zimmertür mit einem Knall ins Schloss zu schmettern.

Für ihn steht außer Zweifel, dass die beiden Personen in seinem Blickfeld zusammengehören, obwohl oder gerade weil sie sich in diesem Augenblick gut fünfzig Meter voneinander entfernt aufhalten, und dass sie gemeinsam das weiß gestrichene oder getünchte Häuschen bewohnen. Ob sich seine Annahme bestätigen würde oder nicht, interessiert diesen Beobachter nicht sonderlich; er wird auch kaum der Idee verfallen, nachfragen zu wollen. Er würde sich nach seiner Verschnaufpause vielmehr abwenden, um sein Ziel zu erreichen, denn er will sich in einer der Strandkneipen ein Bier genehmigen und wird später mit dem Bus oder dem Taxi zurückkehren zu seiner Familie und den alltäglichen Problemen, die sich in den Ferien letztlich nur unwesentlich von jenen zu Hause unterscheiden.

Was ihn nun aber doch etwas länger als geplant an seinem Beobachtungspunkt verharren lässt, ist der Umstand, dass sich in ihm die Vermutung zur Gewissheit zu verdichten beginnt, bei der auf der Bank sitzenden Person, ein Mann, ist für den Beobachter sogleich und eindeutig klar, auch wenn er nur dessen Rücken, den Hinterkopf und weißes Haar sieht, könnte es sich um einen Künstler handeln, einen Maler, einen Musiker, einen Fotografen, einen Schriftsteller, eine Persönlichkeit jedenfalls, die weitherum bekannt sein könnte, eine internationale Berühmtheit gar. Nicht nur, weil der mit dem Rücken zum Beobachter auf der Bank Sitzende sein Haar ziemlich lang trägt, sondern auch, weil der biedere Familienvater aus einer verschlafenen Kleinstadt überzeugt ist, nur ein Künstler verfiele dem Gedanken, sich für eine gewisse Zeit ausgerechnet hier, in dieser Einöde, niederlassen zu wollen. Der wahrscheinlichste Grund, der dem Betrachter einfällt, etwas derart Unsinniges zu tun (und dies obendrein noch genießen zu können, unvorstellbar jedenfalls für ihn), bestünde wohl darin, dass der Weißhaarige sich für eine Weile dem Rampenlicht der Öffentlichkeit entziehen will, um in Ruhe arbeiten oder ungestört neue Ideen sammeln zu können. Und die Frau an der Klippe passt bestens in das Bild, das er sich von Künstlern und deren Umfeld gemacht, zurechtgezimmert, aus Bildern erschaffen hat, die ihn beinahe täglich überfluten. So wie sie kleiden sich, weiß er augenblicklich, Touristinnen unter keinen Umständen, so viel lässt man ihm durchgehen, ohne gleich »Vorurteil« zu schreien, sondern, und nun ist »Klischee« als einigermaßen entrüsteter Zwischenruf durchaus angebracht, in seinem Verständnis vornehmlich »Künstlergattinnen«. Die Frau an der Klippe trägt nämlich einen fast knöchellangen, weiten, dunklen Rock, eine langärmlige, bunt gemusterte Bluse und auf dem Kopf einen altertümlichen schwarzen Hut.

Der Wanderer schärft seinen Blick, weil ihn auf diesem Hintergrund nun doch zu interessieren beginnt, was sich zwischen den beiden Menschen vorn an der Klippe allenfalls gleich abspielen könnte. Es lässt sich in seinen Augen kaum etwas Aufregenderes vorstellen, als die Prominenz zu beobachten, auch wenn ihm noch völlig schleierhaft ist, um wen es sich bei den beiden Personen handeln könnte.

Der biedere Familienvater nimmt sich vor, nach der Rückkehr ins Hotel im Internet nachzuforschen. Er will unbedingt herausfinden, wen er hier völlig zufällig zu Gesicht bekommen hat. Wäre seine Recherche von Erfolg gekrönt, stellt er sich vor, könnte er am Abend an der Hotelbar, im Beisein seiner Frau und vor dem befreundeten Paar, das sie hier kennengelernt haben, mit seiner Entdeckung prahlen und eine eigentliche Begegnung mit den Prominenten hinzu erfinden. »Ja, meine Lieben«, würde er triumphieren, »solche Dinge erlebt nur, wer sich nicht den ganzen Tag auf seiner Liege räkelt.«

Und falls er bei seinen Nachforschungen nicht fündig würde? Dann bestünde immer noch die Möglichkeit, sich rechtzeitig und diskret bei Alfonso, dem Barmann, zu erkundigen. Denn der erzählt schließlich jedem Gast bereitwillig, er arbeite seit sechsunddreißig Jahren in diesem Hotel und verfüge über ein phänomenales Gedächtnis, was es ihm erlaube, jeden Stammgast auf Jahre zurück mit Namen und Vorlieben zu benennen und zuzuordnen. Und er sei darüber hinaus natürlich bestens informiert über die meisten Einheimischen, ihre Gewohnheiten, ihre geheimen Gelüste, ihre Liebschaften... »Wäre ich nicht Barmann und somit zu größter Diskretion verpflichtet, ich könnte ganze Bücher füllen mit all den unglaublichen Geschichten, die ich erfahren oder miterlebt habe«, hat er am Vorabend verschwörerisch geflüstert.

Der Frau an der Klippe kommt eine Idee, wie sie mit dem Mann auf der Bank in Kontakt treten könnte, ohne ihn direkt ansprechen zu müssen: Sie seufzt. Ziemlich laut und sehr begeistert. Derart vernehmlich, dass der auf der Bank Sitzende ihr den Kopf zuwendet. »Schön hier oben, nicht wahr?«, lässt er sich vernehmen.

Die Worte klingen so angenehm, weich und warm, wie sie sich seine Stimme vorgestellt hat, stellt die Frau erfreut fest. Sie dreht ihren Oberkörper in seine Richtung: »Wunderbar. Herrlich. Und so ruhig.«

Er nickt: »Das ist, was ich an diesem Ort besonders mag. Nicht weit von hier die belebten Strände, der Rummel, das zumeist ziemlich hektische Treiben der Touristen – und hier oben die beinahe vollkommene Stille. Gut, dass in keinem Reiseführer zu lesen steht, welch herrlich einsame Stellen es auf dieser Insel gibt und wo man sie findet.«

Sie macht einige Schritte auf ihn zu: »Und dann kommt jemand wie ich und stört in brutalster Weise diese Ruhe und Ihr andächtiges Hinaushorchen in eine Welt ohne all die hässlichen Alltagsgeräusche.«

Der Mann lacht: »Halb so wild. Es kommen nur wenige Menschen hierhin. Den meisten Besuchern der Insel genügt es vollauf, einige Tage oder Wochen weitgehend untätig am Strand zu liegen, sich von der Sonne bräunen zu lassen, zu trinken, zu essen, sich zu vergnügen. Damit Sie mich recht verstehen: Ich verurteile dies keineswegs. Jedem das Seine, so lautet mein Motto. Verirrt sich zwischendurch trotzdem jemand hier hinauf, so ignoriere ich die gelegentlichen Wanderer meistens. Sie treten an die Klippe, blicken hinunter aufs Meer, ganz wie Sie eben, und dann gehen sie weiter. Sie sind harmlos, freundlich, rücksichtsvoll. Sie suchen selber die Ruhe, also respektieren sie zumeist das Bedürfnis anderer Menschen nach Ruhe und ungestörtem Genießen.«

Damit könnte alles sein Bewenden haben. Die Frau, noch in sicherer Distanz zum Sitzenden, könnte das Gespräch enden lassen, bevor es richtig begonnen hat. Zu viele Männer könnten ihr begegnet sein im Leben, die nett und freundlich und charmant zu ihr waren, jedoch bloß so lange, als sie sich Hoffnung machen konnten, sie anbaggern, abschleppen zu können, ins Bett zu bekommen. »Herzlichen Dank für das freundliche Gespräch«, könnte sie sagen, sich verabschieden, »ich will nicht weiter stören. Und außerdem muss ich mich langsam auf den Weg zurück zum Hotel machen, man fragt sich eventuell bereits, wo ich abgeblieben bin«, sich abwenden und auf dem nämlichen schmalen Pfad, auf dem sie gekommen ist, dem anderen Ende des Plateaus zustreben, ohne sich umzublicken hinter der Krete verschwinden und durch das lichte Gehölz eilig abwärtsschreiten, um unten den Weg zurück zu ihrem Feriendomizil einzuschlagen. Der Mann auf der Bank wiederum könnte sie ziehen lassen und sich wieder seiner vorherigen Beschäftigung zuwenden: in die schiere Unendlichkeit zu blicken und seinen Gedanken nachzuhängen. Oder aber: Er könnte versuchen, den Augenblick des Auseinandergehens hinauszuzögern aus Gründen, die ihm nicht einsichtig sind und für uns erst recht im

Verborgenen liegen. Er könnte die eine Hand an die Stirne gehoben haben, um in ihr Gesicht zu sehen, denn die Frau steht direkt in der Sonne. Es könnten ihn dabei ihre Augen fasziniert haben, das leicht spöttische Lächeln, das ihre Lippen umspielt, womit, könnte er vermuten, sie eine gewisse Unsicherheit zu verbergen versucht, die ebenmäßigen Züge ihres Gesichts, ihre Kleidung, die so gar nichts gemein hat mit dem üblichen Aufzug der Touristinnen.

»Wollen Sie sich nicht einen Moment zu mir setzen?«, könnte er spontan vorschlagen und hastig mit einem breiten, offenen, herzlichen Lachen hinzufügen: »Keine Angst, ich verbinde mit dieser Einladung keinerlei Absichten.«

Im Café in der Stadt

Ich sehe ihn fast immer hier sitzen, seit ich mich an manchen Nachmittagen wieder in jenes Café in der Innenstadt begebe, in dem ich mich in früheren Jahren fast täglich für eine halbe oder eine Stunde aufhielt, um bei einer Tasse Kaffee und einem großen Glas Wasser die Zeitung zu lesen. Meist sitzt er, betrete ich das langgezogene, schmale Lokal, an einem der beiden kleinen, runden Tische an der Fensterfront zur Straße, jenem in der linken Ecke. Von seinem Platz aus vermag er sowohl den rechts von ihm liegenden Eingang und somit alle Kommenden und Gehenden, als auch das ganze Lokal zu überblicken. Entweder treffe ich ihn lesend an, ich würde mich ebenfalls gleich der Lektüre meiner Tageszeitung zuwenden, oder er scheint ins Leere zu blicken, während er in Tat und Wahrheit die Gäste mustert und beobachtet. Er mag im Gegensatz zu mir bereits das Rentenalter erreicht haben, ist klein und schmächtig, seine spitze, gerade Nase wird flankiert von markant hervortretenden Backenknochen, die Wangen zum Kinn hin etwas eingefallen, sein grauweißes Haar, das einen Stich ins Gelbliche aufweist, ist schütter, eine hohe Stirn, keine Brille, noch nicht einmal, um zu lesen, was mich etwas neidisch stimmt, der ich ohne meine Lesebrille schon seit einigen Jahren nicht mehr zurechtkomme. Man könnte ihn auf den ersten Blick für einen vom Leben Gezeichneten halten, der sich ein gutes Stück weit aufgegeben hat; seine Kleidung wirkt ziemlich nachlässig oder vernachlässigt. Was mir zumindest zu verraten scheint, dass er alleine lebt und seinen Haushalt vermutlich eher schlecht, denn recht selber besorgt, und dass niemand sich um ihn kümmert, niemand ihm hilft, ihm zur Hand geht, manchmal bei ihm vorbeischaut. Schon ertappe ich mich dabei, mir vorzustellen, wo, und vor allem: wie, er wohnt. Der Mann in der Ecke ist selten einmal wirklich gut rasiert. In seiner Mimik und Gestik liegen viel Trauer. Es zeigen sich in seinem offenen Antlitz, in dem ich lese wie in einem Buch, zahllose erlebte, durchlebte, erlittene, ihm zugefügte Enttäuschungen. Insgesamt wirkt er einigermaßen mitleiderregend. Doch seine Augen strafen alle derartigen Eindrücke Lügen, denn er mustert scharf, nachgerade stechend, seine Umgebung und scheint alles in Bruchteilen von Sekunden minutiös zu analysieren, was seine dunklen Augen zu sehen bekommen. Vermutlich, habe ich mir im Laufe der vielen Gelegenheiten zurechtgelegt, bei denen ich einige Sekunden zu ihm hinübersah, einmal, zwischendurch immer wieder, wenn ich die Zeitung umblätterte oder mir einen Schluck Kaffee genehmigte, ist er also äußerst wach im Geist, dürfte, glaube ich erkannt zu haben, indessen etwas zynisch geworden sein mit dem Älterwerden, so, wie er mitunter fast unmerklich seine Lippen zu einem leicht höhnischen Grinsen verzieht, und mir ist bald der Verdacht gekommen, er könnte sich das Fahrige, das ein wenig Ungeordnete, das von seiner Gestalt ausgeht, bloß zugelegt, antrainiert haben, um in Ruhe gelassen zu werden, denn er lebt wohl in der Hoffnung und hat sie vielfach bestätigt erhalten, dass viele einen großen Bogen machen um Menschen, die stumm um Mitleid, Mitgefühl, ein wenig Zuneigung zu betteln scheinen: Sie sind anstrengend, diese Bedauernswerten, der Umgang mit ihnen kostet Zeit und die ist vielen Zeitgenossen zu wertvoll, um sie an solche Menschen zu verschwenden. Und, glauben sie, die so denken: diese vom Leben angeblich oder tatsächlich Benachteiligten, Abgestraften, von der gut geölten Maschinerie unserer Gesellschaft Ausgespuckten, erzählen zwar gerne von ihrem, sind aber nicht bereit, sich das eigene Leid abzuhören.

Nun ist es hierzulande kaum üblich, sich zu Unbekannten an den Tisch zu setzen, selbst dann nicht, ist man sich oft am selben Ort begegnet. Und schon gar nicht, solange nicht alle anderen Sitzplätze belegt sind von einzelnen Männern oder Frauen oder, stehen größere Tische zur Verfügung als jene in diesem in einer Seitengasse zur Einkaufsstraße gelegenen Café, von Paaren, die sich zu einem schnellen Kaffee, zu einem mehr oder weniger ausgedehnten Schwatz, zu einer Besprechung oder, wie er und ich und wenige weitere regelmäßige Gäste gerade an diesem ziemlich intimen Ort, zum Studium ihrer Zeitung eingefunden haben. Allenfalls beginnt man sich nach einiger Zeit zu grüßen.

Also nicke ich dem Männchen, gehe ich an ihm vorbei, seit kurzem fast unmerklich zu und forme mit den Lippen ein stummes »Guten Tag.« Selten scheint er mich wahrzunehmen, und noch seltener zeigt er mir mit einem winzigen Zucken im Gesicht, dass er mich wiedererkannt hat und mich, davon gehe ich aus, mit dieser kleinen Geste ebenfalls grüßt.

Heute nun war, was kaum je vorkommt, das Lokal fast bis auf den letzten Platz besetzt, als ich es betrat. Nur jener kleine, unbeliebte Tisch war noch frei, der eingeklemmt ist zwischen der dünnen, halbhohen Wand, mit der die Eingangstür und der Gastraum ein wenig voneinander abtrennt sind, und jenem, an dem wie gewohnt der für mich noch namenlose Stammgast saß. Ich zwängte mich also zwischen den beiden Tischchen hindurch im Bemühen, derart eng stehen sie nebeneinander, dem Lesenden mit meinem Hinterteil nicht ungewollt die Zeitung vom Tisch zu wischen. Endlich konnte ich mich setzen, meine Zeitung hervorziehen und sie vor mir ausbreiten, soweit dies angesichts der spärlichen Tischfläche möglich war, worauf, kalkulierte ich stets fast automatisch ein, ja auch noch meine Tasse Kaffee zu stehen käme.

Nach einer Weile, ich war bei der Lektüre bereits bis zu den Lokalnachrichten vorgestoßen, sprach der neben mir Sitzende mich plötzlich an. Er bemerkte, mir war nicht aufgefallen, dass er seine Augen von seiner Zeitung gehoben, zu mir hinübergesehen oder mich gar in jener Weise eingehend gemustert hätte, wie er die übrigen Gäste jeweils zu taxieren pflegte: »Ich habe bis zum heutigen Tag in diesem Café niemanden angetroffen, der diese Zeitung liest. Und das will etwas heißen, wo ich doch fast täglich hier bin.«

Ich bekannte, ich hätte sie noch immer abonniert, obwohl ich schon vor über zwei Jahrzehnten von dort, wo sie erscheint, weg und hierhin, in diese Stadt gezogen sei.

»Heimweh?«, fragte er.

»Nein.« Und ich sprach aus, was ich innerlich längst als eigentlichen Grund hinter dem Festhalten an dieser Lektüre vermutete: »Etwas Sentimentalität vielleicht oder noch immer das unbestimmte Bedürfnis in mir, die Illusion am Leben zu erhalten, die Zeitung informiere mich einigermaßen umfassend darüber, was dort vorgeht, wo ich geboren wurde und aufwuchs.«

»Höre ich aus Ihrer Bemerkung eine gewisse Skepsis heraus, die bohrende Frage eventuell gar, ob dieses Blatt Sie objektiv und umfassend über die Vorgänge in Ihrer Heimat ins Bild setzt?«

»Information ist stets in einem gewissen, allerdings unterschiedlichen und selten transparenten Maß von der subjektiven Haltung und Wahrnehmung des Schreibenden geprägt«, gab ich zurück und fühlte mich mit dieser doch eher banalen Aussage ziemlich wichtig. »Und umfassend? Das kann ich wohl nicht voraussetzen. Aber dass mir das Wesentliche vermittelt wird, das wäre wünschenswert, ja nachgerade eine Bedingung.«

»Ein hoher Anspruch«, erwiderte der neben mir Sitzende, der sich mir halbwegs zugewandt hatte, »der kaum zu erfüllen ist, zumal jemand eine Auswahl dessen trifft, treffen muss, was in Ihrem Blatt steht, wobei die betreffende Person geleitet wird von dem, was ihr persönlich als wesentlich erscheint. Und auf der anderen Seite: Es erachten wohl kaum zwei Menschen, geschweige denn sämtliche Leserinnen und Leser Ihres Blattes, exakt dieselben Dinge als wesentlich. Also ist der Wunsch, die Hoffnung, die Bedingung, die Sie an die Zeitung knüpfen, schlicht unmöglich zu erfüllen.«

»Ein Experte«, warf ich ein und gab mir alle Mühe, dabei freundlich zu lächeln, denn ich hoffte, er verstehe meine kleine Bemerkung als jenes Lob, als das sie gemeint war.

»Einer, der das Denken noch nicht verlernt hat«, knurrte er zurück, »auch wenn dies in der heutigen Zeit nicht gerade einfach ist.«

Was er damit sagen wolle, wollte ich wissen.

»Nun ja«, erwiderte das Männchen bedächtig, »denkende Menschen sind den Mächtigen seit jeher ein Gräuel, und so wird bis heute alles unternommen, das eigenständige Denken zu verhindern oder zumindest einzudämmen, in Bahnen zu lenken, in Schranken zu weisen, die Skeptiker zum Verstummen zu bringen. Angesichts der heutigen, gigantischen Verblödungsmaschinerie scheint die Kontrolle oder gar das Ausschalten des Gehirns ziemlich gut zu funktionieren.«

Womit er ausdrückte, was ich ebenso dachte. Das Männchen zu meiner Linken wurde mir noch ein Stück sympathischer.

So sind wir an diesem prächtigen Spätsommernachmittag ins Gespräch gekommen miteinander. In der Folge sprachen wir vorerst über Heimatgefühle, die man mitunter ein Leben lang für Orte hegt, die man vor Urzeiten verlassen hat. Er riet mir dabei unter anderem, nie mehr an meinen Geburtsort zurückzukehren, an dem ich beinahe drei Jahrzehnte meines Lebens verbracht hatte (was, wie ich bekräftige, aus Gründen, die hier nichts zur Sache beitrügen, ohnehin nicht in meiner Absicht stehe): »Sie wären enttäuscht oder würden sich fremd fühlen, weil sich zu viel verändert hat seit damals. Wir Menschen versuchen mit aller Kraft, längst verflossene Erinnerungen an Orte, Dinge und Menschen als das noch heute gültige Abbild eines Orts, einer Gegend, einer Gemeinschaft in uns aufrecht zu erhalten, und wir verdrängen, obwohl uns dies sehr wohl geläufig ist, die Tatsache, dass alles sich beständig verändert, manches verschwindet, was uns lieb ist, und sich in der Zwischenzeit Entwicklungen ergeben haben, die wir verabscheuen würden, sähen wir uns gezwungen, sie mit eigenen Augen wahrzunehmen. Wir lieben die Illusion mehr als die Realität. So besehen bin ich mir übrigens nicht allzu sicher, ob Sie in dieser Lokalzeitung tatsächlich möglichst objektive Berichte und ein ungeschminktes Abbild der aktuellen Realität in ihrer Heimat finden oder bloß Ihre Vorurteile, beziehungsweise Ihren überholten Blick auf Ihr damaliges Zuhause bestätigt sehen wollen.«

»Und Sie, wie halten Sie es mit der Heimat?«

»Ich lebe seit meiner Geburt in dieser Stadt«, antwortete er und fügte hinzu, ich fühlte mich überrumpelt, indem er mir eine knochige Hand entgegenstreckte: »Max.« Ihm blieb meine Verblüffung nicht verborgen, erklärte er doch sogleich: »Alle nennen mich so, kaum jemand kennt meinen Familiennamen. Der Vorteil der Stadt: Man kann weitgehend anonym bleiben, sofern man dies beabsichtigt.«

Ich gab mich als Emil zu erkennen und fragte, ob sie denn nicht eher einsam mache als glücklich, die Anonymität der Stadt.

»Es kommt darauf an, womit man sich beschäftigt«, gab er ziemlich unbestimmt zurück.

Ich habe die Zeitung ein Stück von mir weggeschoben, soweit dies ging angesichts der Tasse, die ich gerade noch zu fassen bekam, bevor sie mit Getöse auf den Steinboden geknallt wäre, Max hat seine Lektüre ordentlich gefaltet und neben sich auf die Sitzbank gelegt. Hinter den Fenstern in unserem Rücken genießen jene, die keiner Arbeit nachgehen müssen, können oder dürfen, jene, die sich frei genommen haben, jene, die etwas in der Innenstadt zu erledigen haben und sich dabei angesichts der angenehmen Temperatur verständlicherweise viel Zeit lassen, jene, die sich zu einem Schaufensterbummel entschlossen haben, jene, die vom Einkaufen kommen oder sich auf dem Weg dazu befinden, den prächtigen Spätsommertag, und drinnen im Café haben wir beide uns eben eine weitere Tasse Kaffee bestellt.

»Womit beschäftigst Du dich denn?«

»Du gehörst offensichtlich zur Sorte der neugierigen Menschen«, lacht Max erneut. Ich hebe die Arme und verziehe mein Gesicht, was ausdrücken soll, meine Neugierde sei berufsbedingt, eine „Deformation professionelle", und verfolge mich, in all den Jahren mir in Fleisch und Blut übergegangen, selbst heute noch bis hinein in meine Freizeit. Max scheint zu verstehen; er deutet mit einer weit ausholenden Bewegung des linken Arms auf das ganze Lokal. »Dies ist meine Beschäftigung.«

Ich begreife nicht gleich, was er damit ausdrücken will, und ich gebe unumwunden zu: »Dass Du praktisch täglich hier anzutreffen bist und die anderen Gäste beobachtest, ist mir zwar nicht verborgen geblieben, aber weshalb dies eine Beschäftigung sein soll, die dich ausfüllt...«

»Ich beobachte nicht einfach Menschen«, hält Max die Antwort derart rasch bereit, dass ich vermute, er habe meinen Einwand erwartet. »Ich bin kein Voyeur, kein Spanner. Mein Interesse für die Menschen geht tiefer. Ich sehe sie mir an, versuche ihre Persönlichkeit zu erfassen und denke mir schließlich Geschichten aus, die die ihren sein könnten. Traurige Geschichten, Tragödien und Komödien, Liebesgeschichten, selten etwas Schlüpfriges, ganze Familien- und Lebensgeschichten, was immer die Person und die Situation hergeben, die sich mir als Außenstehendem offenbaren.«

Ich habe eine vage Vermutung: »Du lässt dich hier also inspirieren, gehst anschließend nach Hause, schreibst die Geschichten auf, die Du dir in diesem Lokal ausdenkst, und veröffentlichst sie. Oder versuchst es zumindest. Du bist also gewissermaßen als Schriftsteller tätig?«

»Nein«, lacht Max erneut, »ich denke mir die Geschichten bloß aus. Nichts weiter.«

Ich bin, zugegeben, verwirrt. Die naheliegende Frage, sie fällt uns wohl fast immer zuerst ein, weil wir geprägt sind von der Entwicklung, die unsere Welt zu einer praktisch ausschließlich vom Geld getriebenen und bestimmten Epoche genommen hat, wäre jene, wie es ihm gelinge, damit sein Leben zu finanzieren, doch ich habe mich, während ich meinerseits ihn in den verflossenen Tagen und Wochen beobachtet habe, längst darauf festgelegt, er sei Rentner und lebe somit von seiner, einer allerdings bescheidenen Rente. Seine Studien, wenn ich sie einmal so bezeichnen will, dienten also dazu, die Zeit totzuschlagen, nehme ich deshalb an, ein Hobby, ein angenehmer Zeitvertreib, der Versuch, die Einsamkeit zu verdrängen oder sie nicht erst aufkommen zu lassen.

Ich muss davon ausgehen, Max habe meine Gedanken erraten, denn er holt zu einer Erklärung aus: »Ich sehe einen Menschen und versuche zu ergründen, alleine dadurch, dass ich ihn in seiner gesamten Erscheinung, seiner Haltung, Mimik und Gestik und dabei beobachte, wie er sich anderen Menschen, in diesem Café etwa der Bedienung gegenüber, verhält, wie er zu derjenigen Person geworden ist, die er heute repräsentiert. Die Jugend, die Schulzeit, das Elternhaus, alles, was diesen Menschen geprägt hat, lese ich aus seinem Auftreten heraus. Danach stelle ich Gedanken darüber an, wie der betreffende Mensch lebt, was er arbeitet, was ihn im Alltag beschäftigt, was ihm widerfährt, zustößt, begegnet, was ihm zugefügt wird, was er in seiner Freizeit unternimmt, ob er verheiratet, liiert, geschieden, verwitwet, glücklich oder unglücklich verliebt, ob er Single ist, aufgrund der Entwicklungen in seinem Leben oder aus Überzeugung. Erst, wenn ich all dies zusammengetragen habe und überzeugt bin, die Biografie, die sich dergestalt sukzessive entwickelt hat, sei bis zu diesem Punkt glaubwürdig und schlüssig, kann ich mir eine Geschichte ausdenken, die zu dieser Person passt. Also nehme ich diesen Menschen, zu diesem Zeitpunkt weiche Knetmasse, die bestimmte Eigenschaften aufweist, die man nicht negieren kann, die aber gut formbar ist, und ordne ihm Ereignisse, Begegnungen zu, stelle ihm andere Menschen zur Seite und lasse ihn Situationen durchstehen, in die er geraten, mit denen er sich konfrontiert sehe könnte, lasse ihn leben und erleben. Ich bin darin sehr gewissenhaft, möchte ich in aller Bescheidenheit anfügen. Ich überlege mir jede Kleinigkeit lieber zwei- oder dreimal, ich fantasiere mir nicht einfach auf die Schnelle etwas zusammen. Und ich bin mit den Ergebnissen nie zufrieden, ich arbeite Tag und Nacht zahllose Varianten aus, klopfe meine Geschichten immer wieder auf Schwachstellen ab und korrigiere sie beinahe unablässig. Sehe ich die Hauptperson einer meiner Geschichten im Verlauf dieses Prozesses irgendwo erneut, nehme ich selbstverständlich Veränderungen wahr, registriere inzwischen eingetretene Ereignisse, schöne so gut wie traurige, freudige und tragische Erlebnisse, die sich im Blick der betreffenden Person, in ihrem Gesicht, in ihrer gesamten Haltung und Ausstrahlung niedergeschlagen haben. Sie verändern natürlich meine ursprüngliche Wahrnehmung, die ich von diesem Menschen gewonnen habe, marginal oder, in seltenen

Fällen, grundlegend, oder ich erkenne Einzelheiten, die mir bei einer früheren Begegnung entgangen sind. Also ändert sich auch meine Geschichte. Ich muss sie anpassen, denn alles, was der betreffenden Person in meiner Fantasie bis zum Wiedersehen widerfahren sein, was sie erlebt, getan, unterlassen haben könnte, würde von den eingetretenen tatsächlichen Ereignissen beeinflusst. Liegt die eingetretene Entwicklung insgesamt, was nicht selten vorkommt, auf der Linie dessen, was ich ihm ohnehin zugedacht habe, fügt sich meiner Geschichte einfach ein weiteres Kapitel an, andernfalls habe ich unter Umständen alles bisher Erdachte zu überdenken und neu zu ordnen.«

Ich muss ziemlich verwirrt aussehen, ist mir bewusst, etwas derart Eigenartiges, um nicht zu sagen: Verrücktes, ist mir nie zuvor zu Ohren gekommen.

»Gib zu«, sagt Max emotionslos, er wirkt weder verärgert noch belustigt, sondern eher etwas müde, eine Spur enttäuscht eventuell, »Du denkst, meine Beschäftigung sei sinnlos, überflüssig, nachgerade reine Zeitverschwendung, eine Spinnerei, oder vielleicht sogar, ich gehörte weggesperrt. Aber ich bin nicht verrückt. Mitnichten.«

Ich spüre, dass ich erröte, denn ich fühle mich in der Tat ertappt. Der Blick, den Max mir schenkt, als er dies bemerkt, ist wohlwollend, beinahe väterlich, was insofern als reichlich absurd erscheinen muss, da uns nur wenige Lebensjahre voneinander trennen.

»Ich sehe dir nach, dass Du mich für einen alten Wirrkopf hältst und dir überlegt hast, ob ich ganz richtig hier oben sei«, fährt Max fort und deutet auf seine Stirn, ohne einen allfälligen Einwand, eine Bemerkung, eine Frage meinerseits abzuwarten. »Ich habe diese Reaktion einkalkuliert, obwohl ich, will ich Dir gestehen, mehr von Dir erwartet habe. Hätte ich dies nicht getan, ich wäre kaum so vermessen gewesen, dich ohne ersichtlichen Grund anzusprechen. Ich lade dich also trotz deiner Zweifel dazu ein, ich bitte dich einzig, diesen Schritt möglichst vorurteilsfrei zu unternehmen, mich für einen kurzen Augenblick in meine Welt zu begleiten. Ich will dir ein Beispiel dafür geben, wie ich vorgehe, und dir eine Ahnung vermitteln, was sich daraus ergeben könnte. Danach kannst Du dein Urteil fällen, ich werde es, wie immer es auch ausfällt, ohne Widerspruch akzeptieren. Einverstanden?«

Ich willige mit einem knappen Kopfnicken ein.

»Schau dir, aber unauffällig bitte, dabei nicht bemerkt zu werden, ist unabdingbar, denn andernfalls werden die betreffenden Personen sogleich ihr Verhalten ändern, was meist jede weitere Ergründung ihres Wesens verunmöglicht oder zumindest beträchtlich erschwert«, wird Max eifrig, »die drei Frauen an, die soeben am anderen Ende des Lokals, am Tisch vor der Wand neben der Theke, Platz genommen haben. Sie kommen oft hierher, musst Du wissen. Meist, wie heute, am Freitagnachmittag. Drei Freundinnen, jedoch kaum Arbeitskolleginnen.«

Ich muss die Stirn gerunzelt haben, denn Max erklärt sofort: »Woraus ich dies schließe? Schau dir an, wie völlig unterschiedlich sie gekleidet sind, und dabei meine ich nicht einzig die Farben oder den Schnitt ihrer Kleidung, meine Betrachtung darauf zu reduzieren, wäre mir zu banal, sondern gewissermaßen die Philosophie, die Geistes- und Lebenshaltung nämlich, die sich darin zeigen. Ziehe ich nur schon dies in Betracht, zugegeben: eine oberflächliche Betrachtung, aber das Äußere spiegelt fast immer das Innenleben, den Charakter, das gesamte Sein und Wollen, das Gelingen und Scheitern, so ist es für mich kaum denkbar, dass sie sich von der Arbeit kennen, dass sie im selben Betrieb oder auch nur in derselben Branche tätig sind. Die eine, die Frau mit dem kastanienbraunen Haar, ist zwar nicht im landläufigen Sinn aufreizend gekleidet, aber sie dürfte ihre engen Jeans und das farbenfrohe Shirt mit dem Ziel gewählt haben, aufzufallen, sie möchte, dass man ihr Beachtung schenkt, und sie wird hoffen oder es wäre ihr zumindest nicht unangenehm, von einem Mann angesprochen zu werden. Ich sage: angesprochen, nicht angemacht, das Eine mag sie, dem Anderen würde sie sich sogleich mit deutlichen, resoluten Worten widersetzen, eventuell sogar laut und gehässig und im äußersten Notfall handgreiflich werden. Aber sie mag es, wenn man ihr Komplimente macht, und sie liebt es zu flirten, darin bin ich mir sicher. Sie sucht nicht wirklich einen Mann gewissermaßen „für das Leben" und noch nicht einmal, wie man heute zu sagen pflegt, einen Lebensabschnittpartner, dazu liebt sie ihre, ich bin überzeugt: nach Jahren in einer mäßigen Beziehung endlich wiedererlangte, Unabhängigkeit zu sehr, aber einem Abenteuer könnte sie nicht abgeneigt sein. Dies alles schließe ich aus der Art, wie sie sich gibt, spricht und lacht.«

Max lässt diese Charakterisierung kurz auf mich einwirken, bevor er sich der zweiten Frau der Gruppe widmet: »Daneben ihre Freundin in dem biederen, aber keinesfalls billigen, dem gut geschnittenen grauen Kostüm. Ich habe ihr den Spitznamen „Frau Oberstudienrätin" gegeben. Sie wird, was ihre strenge, schwarz gefasste Brille und das im Hinterkopf zusammengebundene Haar unterstreichen, als Lehrerin tätig sein, ihr eine Berufung, nicht bloß ein Beruf, und als solche ist sie obendrein eine dezidierte Vertreterin der sogenannt alten Schule. In ihrem Schulzimmer werden somit Zucht und Ordnung noch das Maß aller Dinge sein. Nicht, dass ich dies verurteilen oder befürworten, es als schrecklich rückständig, als altmodisch empfinden oder geißeln oder als das einzig richtige Mittel in unserer orientierungslosen Zeit begrüßen würde. Versteh mich nicht falsch! Ich beobachte bloß und fasse zusammen, was ich erkannt zu haben glaube. Sie ist gebildet, vielseitig interessiert, sie bevorzugt klassische Musik, liebt Kunst und Literatur und bildet damit einen krassen Gegensatz zu ihrer kastanienbraunen Freundin, deren Haarfarbe übrigens eine temporäre ist, ich habe sie auch schon mit blondem und blauschwarzem Haar erlebt, die ausgelassene Partys und Heavy Metal bevorzugt.«

Max hält inne und versucht aus meinem Gesicht abzulesen, was ich denke. Das dürfte ihm schwerfallen; ich bin stolz darauf, jederzeit eine völlig unbeteiligte, undurchsichtige Miene aufsetzen zu können, was ich wohl ebenfalls meiner beruflichen Tätigkeit verdanke, die es oft genug verlangt hat, sich nicht in die Karten blicken zu lassen. Da ich derzeit keine Anstalten mache, etwas zum Gespräch beizutragen, fährt er schließlich fort: »Lass mich über die dritte im Bunde dieser vollkommen unterschiedlichen Freundinnen sprechen, über jene übrigens, der ich eine eigenständige Geschichte gewidmet habe, in der ihre Freundinnen kaum oder doch nur sehr am Rande vorkommen.« Max schaut kurz zu mir hinüber, erkennt wohl etwas in meinen Augen, das er richtig als Neugierde interpretiert haben wird, bevor er weiter ausholt: »Zugegeben, eine Geschichte über die drei Freundinnen wäre unter Umständen ebenfalls reizvoll, ich behalte mir vor, sie mir später auszudenken. Doch zurück zur letzten der drei Freundinnen: Ihre Kleidung würden viele, die ihr begegnen, am ehesten als „alternativ" umschreiben, fragte man sie danach, und man wird sie aufgrund ihrer Aufmachung vielleicht vielerorts belächeln. Noch hast Du wahrscheinlich ihren wahrlich eindrucksvollen, schwarzen Hut nicht bemerkt, den sie stets trägt, was ich weiß, weil ich ihr bei Gelegenheit in den Gassen und Straßen der Stadt begegnet bin. Sie hat ihn abgenommen, als sie sich setzte. Man wird sich, wenn man ihr begegnet, fast unweigerlich an Fotos erinnern, wie man sie aus der Zeit der Hippies kennt. Eine selbstbewusste Frau auch sie jedenfalls, eine, die sich im Gegensatz zu ihren beiden Freundinnen einen Deut darum schert oder scheren muss, was die Umwelt von ihr denkt. Dazu das schulterlange, rote Haar! Sie lebt frei von vermeintlich unausweichlichen Zwängen, ohne sich länger verbal dagegen aufzulehnen, zumindest nicht mehr in aller Öffentlichkeit, während sie sich früher lautstark und an vorderster Front für die unterschiedlichsten Anliegen stark gemacht hat. Heute tut und lässt sie ganz einfach, wonach ihr gerade der Sinn steht. Sie geht, obwohl sie sich weitgehend aus der Öffentlichkeit zurückgezogen hat, mutig und konsequent ihren eigenen Weg. Ich glaube nicht, dass sie ein Leben als Angestellte fristet, eher betreibt sie einen kleinen Laden mit Naturprodukten oder so.«

Ich bin mir noch immer nicht klar darüber, was ich vom Hobby meines Nebenan halten soll, muss mir aber eingestehen, dass seine Schlüsse zumindest in groben Zügen durchaus auf die drei sich eifrig unterhaltenden Frauen am anderen Ende des Lokals zutreffen könnten.

»Jetzt will ich dir noch berichten«, fährt Max mit leuchtenden Augen fort, endlich, drücken sie aus, habe ich jemanden gefunden, mit dem ich mich über meine Passion austauschen kann und will,»was aus meiner Sicht die drei Frauen miteinander verbindet, damit Du das ganze Bild vor Augen hast, wie ich es mir gemacht habe, bevor Du dein Urteil fällst. Am ehesten sind sie Freundinnen seit der Schulzeit. Nachdem auszuschließen ist, dass sie sich von der Arbeit oder aufgrund einer gemeinsamen Leidenschaft, einer sie verbindenden Vorliebe, eines Hobbys wegen kennen, das sie gemeinsam oder gleichermaßen pflegen, ist dies die am ehesten plausible Erklärung. Zumal sie alle ungefähr im selben Alter zu stehen scheinen. Sie werden sich für einige Jahre aus den Augen verloren haben. Man weiß, wie sich dies abspielt: Eben war man noch eng befreundet, hat alles miteinander geteilt, alle Gedanken, Freuden, Ängste, all die kleineren und größeren Geheimnisse, von denen selbst die Eltern nie erfuhren, und dann ist eines Tages die Schulzeit vorbei. Man verspricht sich, hoch und heilig gewissermaßen, in Kontakt zu bleiben. Allein: Bei diesem feierlichen Schwur bleibt es, denn die Wege, die sie einschlugen, waren zu unterschiedliche. Die derzeit Kastanienbraune hat eine Ausbildung in einem Modegeschäft absolviert, Frau Oberstudienrätin wurde Lehrerin, und die, ich nenne sie nun einmal so, „Alternative" absolvierte eine Berufslehre, die nichts weiter zur Sache tut, denn sie stand sie lediglich durch, um ihren Eltern nicht allzu viel Schmerz und Sorgen zu bereiten. Kaum hatte sie ihren Abschluss in der Tasche, hat sie sich aufgemacht, um die Welt zu erkunden. Ich will an dieser Stelle nicht weiter darauf eingehen, was sie unterwegs alles erlebt hat oder haben könnte, dies wäre Teil einer eigenen, zweifellos spannenden Geschichte, die ich erst noch erfinden müsste. Eines noch nicht sehr weit zurückliegenden Tages haben sie sich nun aber zufällig wieder getroffen und festgestellt, dass sie immer noch mehr verbindet als die gemeinsamen Erlebnisse aus der Schulzeit.«

»Du verfügst tatsächlich über eine blühende Fantasie«, werfe ich ein.

»Und über eine gute Beobachtungsgabe«, ergänzt Max. Ihm ist es sichtlich nicht besonders angenehm, sich selber zu rühmen.

»Du wirst«, nimmt er den Faden wieder auf, »jedenfalls kaum in Zweifel ziehen können, dass meine Vermutungen durchaus einen Sinn ergeben. Sieh dir die Gruppe bloß noch einmal an.«

Er beobachtet mich dabei und meint mit einem Schmunzeln: »Du wirst noch viel lernen müssen, willst Du eines Tages zu einem wirklich guten, diskreten und somit erfolgreichen Beobachter werden. Aber abgesehen davon: Ist es nicht bemerkenswert, wie gut diese drei derart offensichtlich völlig unterschiedlichen Menschen über alles Trennende hinweg miteinander auskommen? Sieh nur, wie sie gemeinsam lachen! Sogar die strenge Frau Oberstudienrätin wirkt zunehmend gelöst und heiter. Für mich gibt das Trio ein gutes Beispiel dafür ab, wie leicht es ist, zu einem guten Auskommen miteinander zu gelangen, stellt man bei der Beurteilung der Mitmenschen nicht bloß auf Äußerlichkeiten ab.«

Ich bin verblüfft, der Wortschwall, den Max über mich ergoss, hat mich aber gleichzeitig ziemlich ermüdet, so spannend ich seine Ausführungen auch fand. Jedenfalls bin ich zu keiner Regung, geschweige denn zu einer Erwiderung, einem Lob, der geringsten Bemerkung fähig. Max jedoch ist noch nicht am Ende seines Berichts angelangt, es muss, wird mir bewusst, viel Zeit verflossen sein, seit er sich letztmals mit jemandem unterhalten, oder besser: auf jemanden in dieser Eindringlichkeit eingeredet, hat.

»Nun allerdings«, fährt Max fort, »hat sich in den drei Wochen, die verflossen sind, seit die drei Freundinnen sich letztmals hier eingefunden haben, um gemeinsam ihren Kaffee zu trinken, eine markante Veränderung ergeben, die vieles, was ich mir zuvor ausgedacht hatte, in Frage stellt. Nicht nur, dass die drei Frauen mit Sicherheit gemeinsam ihren Urlaub verbracht haben. Sieh nur, wie braungebrannt sie sind! Und wie sie sich über die Handys beugen! Vermutlich sehen sie sich die Urlaubsfotos an, die eine jede von ihnen geschossen hat. Wie sie gemeinsam kichern und lachen, weil sie sich offensichtlich an das eine oder andere gemeinsame Erlebnis erinnern! Nein, darüber hinaus ist mit der „Alternativen", ich habe ihr übrigens den Vornamen Alice verliehen, er passt zu ihr, denke ich, etwas geschehen, was Du kaum zu erkennen vermagst, ich indessen schon, weil ich sie schon länger beobachte. Alice könnte in den Ferien jemanden getroffen, kennengelernt haben, davon gehe ich aus, einen Mann, ich bin zum Schluss gekommen, sie habe sich im Urlaub sogar ernsthaft verliebt. Sie ist kein Teenager mehr, sie scheint glücklich und zufrieden zu sein und gleichzeitig unsicher, ob sie diesen allenfalls tiefen Einschnitt in ihr bisheriges Leben zulassen soll und will; es handelt sich bei ihrem Erlebnis also eindeutig um mehr als einen kurzen, unbedeutenden Urlaubsflirt.«

Endlich finde ich meine Sprache wieder. Ich lache: »Nun lehnst Du dich aber weit aus dem Fenster!«

Max wiegt den Kopf hin und her. »Ich denke nicht«, sagt er schließlich, »Alice wirkt gegenüber der letzten Begegnung völlig verändert. Aber vielleicht ist dies ja auch bereits Teil jener Geschichte, die ich mir zu ihr zurechtgelegt habe und nun weiter spinne.«

An der Bar am Meer

Endlich hat er den Aufstieg geschafft. Er schwitzt, er keucht, er ist kein geübter Wanderer, leicht übergewichtig, noch nicht bedrohlich allerdings, er würde jedoch aufpassen müssen. In den spärlichen Ferien juckt es ihn mitunter, Dinge zu tun, für die im Alltagsleben keine Zeit bleibt oder worauf er kaum je Lust verspürt. Sich zu Fuß fortzubewegen beispielsweise. Als seine Frau ihm am Morgen eröffnet hat, sie wolle mit Sibylle zum Shoppen fahren, Sibylle ist die Frau von Hannes, das Paar haben sie gleich nach ihrer Ankunft im Hotel kennengelernt, zwei angenehme Menschen, sind Karl-Heinz und Claudia sich sogleich einig gewesen, mit denen sie sich bereits zum Frühstück treffen, und mit ihnen verbringen sie seither die meisten Abende, beschloss Karl-Heinz spontan, einen kleinen Spaziergang zu wagen, zumal Hannes, während er ein weiteres Brötchen in der Mitte durchschnitt und die beiden blass-weißen Flächen mit Butter und der von zu Hause mitgebrachten Konfitüre beschmierte, seinerseits die Absicht bekundete, sich einen gemütlichen Tag auf seinem Balkon machen und endlich eines der Bücher lesen zu wollen, die er exakt zu diesem Zweck in den Urlaub mitgeschleppt habe. »Zu Hause findet man ja kaum Zeit dazu«, hatte er Karl-Heinz bedeutet, »du weißt ja, wie das ist.« Karl-Heinz hatte mit einem vagen Kopfnicken geantwortet, ohne sich verbal zu äußern, während Claudias spöttischer Blick auf ihm ruhte: Karl-Heinz hatte seit Jahren kein Buch mehr zur Hand genommen und alles deutete darauf hin, dass er auch nicht beabsichtigte, dies in naher Zukunft zu tun. Claudia verkniff sich allerdings ihr sonst übliches »Siehst Du«, allenfalls gefolgt von einem »Du könntest dir ein Beispiel an ihm nehmen«; im Urlaub ist man oft gnädiger oder friedfertiger gestimmt als im Alltagsleben zu Hause.

Hinter dem Hotel führe eine schmale, angenehm von Bäumen gesäumte und somit weitgehend im Schatten liegende Straße, eher ein Weg, zu Beginn noch asphaltiert, bald nur noch festgestampfter Grund, ohne beängstigende Steigung hinaus in die Landschaft, die alte Verbindung zwischen ihrem Ferienort und dem nächsten, dem größeren, dem mondäneren, hatte Karl-Heinz am Vorabend von Alfonso, dem Barmann, erfahren, ohne sich danach erkundigt zu haben. Aus einer weiteren Laune heraus, dem sich im Urlaub mitunter einstellenden Übermut oder einer kindlichen, lange vermissten Abenteuerlust nachgebend, die einen befallen kann, hat man das Alltagsleben für einige unbeschwerte Sonnentage hinter sich gelassen, war Karl-Heinz nach etwas mehr als einer halben Stunde Fußmarsch von diesem Sträßchen abgebogen, als er einen Pfad entdeckte, der in weit ausholenden Schleifen parallel zum Hang in die Höhe führte. Oben, hatte Karl-Heinz sich ausgerechnet, würde er gewiss eine herrliche Rundsicht über das Meer haben, und es wartete auf ihn vielleicht ein grandioser Blick auf eine kleine, geheime Bucht mit einem verlassenen Sandstrand, ein prächtiges Sujet allemal für Urlaubsfotos, mit denen er sich daheim brüsten könnte, weil sie, wie er wichtigtuerisch anfügen würde, die Insel zeigten, »wie niemand sie kennt.«

Da steht er also, sein bunt bedrucktes T-Shirt schweißgetränkt, auch der Bund seiner knielangen Sommerhose, die er extra für diesen Urlaub gekauft, beziehungsweise: die Claudia kurz vor der Abreise für ihn erstanden hat, fühlt sich feucht an. Karl-Heinz atmet tief durch, fühlt sich erschöpft und ist gleichzeitig stolz darauf, die Anhöhe ohne nennenswerte Schwierigkeiten gemeistert zu haben. Er sieht sich jedoch zugleich enttäuscht: Statt auf das Meer blickt er auf ein Plateau hinaus, sieht unbebautes Ackerland, rötlichbraune Erde, von Furchen durchzogen. Praktisch vor seinen Füßen beginnt ein schmaler, staubiger Trampelpfad mitten durch das Feld, der bis zum Horizont, dorthin führt, wo das Land endet und auf den wolkenlos blauen Himmel trifft.

Und genau dort, wo, vermutet Karl-Heinz, das Plateau steil, wenn nicht sogar senkrecht zum Meer hin abbricht, steht eine Gestalt. Sie trägt einen schwarzen, breitkrempigen Hut, unter dem schulterlanges Haar hervorquillt. Gekleidet ist sie in ein dunkles, weites Oberteil und einen beinahe knöchellangen Faltenrock, in dessen Tiefdunkel das großflächige Blumenmuster beinahe verschwindet, mit dem er bedruckt ist. Selbst das massive Schuhwerk, das die Frau trägt, vermag Karl-Heinz von seinem Standort aus zu erkennen. Eine ungewöhnliche Bekleidung, denkt er sich sogleich. Die belebten Strände und damit die Menschen in ihren Badekleidern, den bunten, luftigen Sommerröcken, den auffällig gemusterten Hosen, den mit allerlei Unsinn bedruckten T-Shirts und den Badelatschen liegen zwar in einiger Distanz, doch ziehen sich viele zeitweiligen Gäste der Insel selbst dann nicht um, wenn sie durch die Landschaft streifen, Kirchen betreten, shoppen, kurze Wanderungen unternehmen. Und er, wird sich Karl-Heinz bewusst, ist aufgrund seines derzeitigen Aufzugs nicht sonderlich legitimiert, dies zu kritisieren.

Die Gestalt an der Klippe bewegt sich nicht. Den Oberkörper vorgebeugt, schaut sie in die Tiefe. Karl-Heinz bleibt beinahe das Herz stehen: Die beiden durchhängenden Drähte, sie sind an windschiefen Holzpfosten befestigt, die sich der Klippe entlang ziehen, könnten sie wohl kaum aufhalten, täte sie einen Schritt vorwärts.

Einen unbedachten, sie könnte ausrutschen, der eine Fuß könnte einknicken oder das Knie oder ihr könnte schwindelig werden und sie das Gleichgewicht verlieren, durchfährt es Karl-Heinz kalt, oder, beginnt er zu befürchten, vielleicht ist sie eventuell ganz bewusst hierhergekommen, nämlich, um sich über die Klippe zu stürzen.

Karl-Heinz gefriert das Blut in den Adern vollends.

Der nüchterne Mensch, der er ist, der Geschäftsmann, als den er sich gerne bezeichnet, in Tat und Wahrheit bislang mittleres Kader, ein Rädchen in dem weltweit tätigen Handelsunternehmen, für das er arbeitet, »Import/Export, weltweite Transporte«, steht auf dem Firmenschild, überlegt sich, wie er sich verhalten soll. Der beste Ausweg aus der Gefahr, unfreiwillig und völlig unbeteiligt einen Unfall oder einen Selbstmord mitansehen zu müssen, bestünde wohl darin, denkt Karl-Heinz, sofort weiterzugehen, indem er entweder umkehren oder dem linkerhand dem Feld entlangführenden Weg folgen würde. Was hier allenfalls gleich geschehen würde, geht ihn nichts an, er will nicht in etwas hineingezogen werden, was ihm den Urlaub verderben könnte. Und über das Feld gehen, um zu versuchen, die Frau von ihrem allfälligen Vorhaben abzubringen? Er zögert. Karl-Heinz hat genügend Fernsehkrimis gesehen, in denen verzweifelte Menschen mitunter just in jenem Augenblick springen, wenn die Retter sich nähern, oder die erschrecken, spricht man sie in bester Absicht an, dabei ausrutschen und, bereits dabei, ernsthaft in Erwägung zu ziehen, ihr schreckliches Vorhaben aufzugeben, somit ziemlich ungewollt doch noch in die Tiefe stürzen. Also wäre, folgert Karl-Heinz, ein Rettungsversuch ebenfalls keine Option. Andererseits, überlegt er sich, wäre es fast ebenso grauenhaft, wenn nicht noch schrecklicher, ich müsste später, eventuell abends an der Hotelbar, beiläufig erfahren, Alfonso würde einem Gast vom Vorfall berichten oder jemand aus dem Hotel könnte eher zufällig vom schrecklichen Ereignis erfahren haben und sich nun darüber auslassen, es sei um die Mittagsstunde hier oben eine Frau in die Tiefe gesprungen oder gefallen, »die genauen Umstände müssen erst geklärt werden.« Da müsste ich mich doch mein gesamtes verbleibendes Leben lang fragen, ob ich sie hätte retten können, und ich würde mir vorwerfen müssen, nichts unternommen zu haben, um sie vor diesem traurigen Lebensende zu bewahren. Er ringt mit sich, ist sich bewusst, er würde eine Entscheidung treffen müssen. Und dies schnell! Aber welche wäre die richtige oder die weniger falsche?

Etwas in dieser Art?«, frage ich Max, der sich fast stets an meiner Seite befindet, seit wir in einem Café in der Altstadt miteinander ins Gespräch gekommen sind. Max antwortet nicht, doch ich glaube wahrzunehmen, dass er nicht die Nase rümpft, nicht die Augen verdreht, nicht den Mund zu einer missbilligenden Schnute verzieht, sondern mir von der Seite einen Blick widmet, in dem sich Stolz über meinen Fortschritt zeigt, er also einigermaßen zufrieden ist mit mir. Davon bin ich überzeugt.

Der Ansturm auf die Hotel-Bar hat noch nicht eingesetzt, die meisten Gäste befinden sich im Speisesaal, halten sich mit ihren Kindern im Freien auf, genießen Hand in Hand auf einem Abendspaziergang die wohltuende Wärme der untergehenden Sonne, machen sich in ihren Zimmern bereit für den abendlichen Ausgang, plaudern auf der Terrasse (hecheln die Zimmernachbarn durch, das Ehepaar am Nebentisch im Speisesaal, die mit ihren drei Kindern völlig überforderte Mutter, den Rüpel, »Wie der mit seiner Frau umspringt, also das würde ich mir nicht bieten lassen!«, den komischen Kerl, der kaum ein Wort, oder wenn, dann ausschließlich mit sich selber spricht), rauchen auf einem der Balkone oder vor dem Hotel eine Zigarette, was auch immer.

Karl-Heinz, an der Bar der einzige andere Gast zu dieser Stunde, sitzt halb auf, halb steht er bei einem der Barhocker am anderen Ende der Theke. Sein Vorname ist mir geläufig, seit ihn seine Frau am Vorabend ziemlich energisch und laut quer durch die Hotelhalle bei seinem Namen gerufen hat: »Karl-Heinz, beeile dich, das Buffet ist eröffnet.« Und Karl-Heinz hatte augenblicklich gehorcht und war seiner Angetrauten und dem Paar, das ungeduldig an ihrer Seite stand, wie ein gut erzogener Hund gefolgt.

»Ich kann dir einiges mehr über Karl-Heinz verraten«, flüstert Max mir verschwörerisch zu, »als Du auf eigene Faust je in Erfahrung bringen könntest.« Er hat sich offensichtlich entschlossen, mir einige Impulse zu geben; er wird mir schon einiges, aber noch nicht alles zutrauen: »Karl-Heinz ist bereits seit geraumer Zeit ziemlich verunsichert. Er fragt sich, was die Zukunft für ihn noch bereithält, oder ob das, was er bisher erlebt hat, schon alles gewesen ist, was er vom Leben erwarten durfte. Allerdings ist er nicht, oder noch nicht, in eine jener schweren Lebenskrisen gerutscht, von der manche Männer befallen werden, kaum haben sie den vierzigsten Geburtstag gefeiert, sind die Kinder einigermaßen erwachsen, ist es, nachdem der Nachwuchs mittlerweile mehr Zeit mit und bei ihren Freundinnen und Freunden verbringt, statt daheim, ruhig geworden im Haus am Stadtrand, das man sich gekauft hat, als die Kinder klein waren, hat sich also gewissermaßen das Leben aus den Räumen verflüchtigt, lachen, lärmen, weinen, streiten, sich wieder versöhnen: alles, will man meinen, beinahe von einem Tag auf den anderen eliminiert, und läuft es auch in der Ehe nicht mehr wie früher, weil man sich nichts mehr oder viel weniger zu sagen hat als zu Beginn der Beziehung und sind die gemeinsamen Nächte im Bett längst nicht mehr so prickelnd wie vor Jahren. Karl-Heinz ist jedoch noch nicht alt genug, um von seinen Vorgesetzten als nicht mehr genügend leistungsfähig betrachtet zu werden, worin, wir wissen dies, eine bedrohliche, eine beängstigende Lebenskrise ebenfalls ihren Ursprung haben könnte. Im Gegenteil: Kurz vor seinen Ferien hat man ihm vorgeschlagen, ihn nachgerade dazu gedrängt, nach seinem »wohlverdienten Urlaub« die Leitung des gesamten Osteuropageschäfts zu übernehmen und somit jenem Bereich des Unternehmens vorzustehen, der derzeit geradezu boomt und einen Großteil der Gewinne abwirft. Er wird, ist Karl-Heinz sich bewusst, eine weitere Stufe auf der Karriereleiter erklimmen, allenfalls die letzte, die ihm noch zur Verfügung steht. Er wird Einsitz nehmen in der Geschäftsleitung und sich finanziell weiter verbessern, so viel steht fest. Seine berufliche Laufbahn, gesteht er sich übrigens ein, wir wollen ihn in keine falsche Ecke rücken, er lässt dies jeden wissen, der ihn darauf anspricht, ist weitaus erfolgreicher verlaufen, als er es sich jemals hatte erträumen können: er ist sich sehr wohl bewusst: Dies hat er weitaus weniger seinen zwar durchaus vorhandenen, aber keineswegs weit über dem Durchschnitt liegenden fachlichen Fähigkeiten zu verdanken, sondern zu einem schönen Teil einer gehörigen Portion Glück, wie sie nicht jedem Menschen zuteil wird. Diese Erkenntnis und die sich daraus ableitende Dankbarkeit, dies ist Karl-Heinz positiv anzurechnen, haben ihn davor bewahrt, hochnäsig, arrogant, nachgerade menschenverachtend zu werden. Und vielleicht ist gerade dies ein Teil seines Erfolgs: dass er normal geblieben ist und nicht nur als tüchtig, sondern auch als anständig gilt und in der Firma geachtet und geschätzt wird.«

»Du redest ihn schön«, wende ich ein und sehe mich, auf der Suche nach einem Fleck auf der Weste dieses angeblichen Saubermanns, genötigt, nach dem ersten Strohhalm zu greifen, den ich entdecke; zugegeben, nicht gerade die intelligenteste Frage, trotzdem stelle ich sie: »Hat er eine Geliebte?«

»Nein«, erwidert er, Max benötigt nicht einmal zehn Sekunden, um zu diesem Befund zu gelangen, »Karl-Heinz ist, die Kehrseite seiner sympathischen, aufrichtigen Bescheidenheit, was wir sogleich bedauern würden, hätten wir hinter dieser Fassade der Rechtschaffenheit eine aufregende Geschichte vermutet, zu bieder, zu unauffällig, zu anständig, nimm, was Du willst. Schau ihn Dir an. Abgesehen von seiner angenehmen Art nicht gerade der Traumprinz, musst Du zugeben, dem die Frauen zu Füßen liegen. Die grelle, modische, teure Markenkleidung, die er trägt, will zudem so richtig passen zu ihm, er wird sich, schließe ich alleine schon daraus, in der Firma mit Bestimmtheit in Anzug und Krawatte ebenso unwohl fühlen. Seine Frau drängt ihn allerdings dazu, sich so zu kleiden oder kauft gleich selber für ein, damit er in jeder Lebenslage gekleidet ist, »wie es deiner Stellung und Bedeutung geschuldet ist«. Eine solide, unscheinbare, langweilige Person, ein Mann ohne Fantasie, ohne große Ansprüche, ohne Wünsche und Hoffnungen und Sehnsüchte, ein wackerer Schaffer ohne Visionen, ein aufmerksamer Vorgesetzter ohne Charisma, ein durchschnittlicher Privatmensch, der von seiner Frau mittlerweile insgeheim verachtet wird. Claudia hat jedoch ein Stück weit resigniert, sie nimmt es, meist stumm, aber leidend hin, dass ihr Traumprinz von einst sich als graue Maus entpuppt hat. Sie unterdrückt ihre Sehnsüchte, sie hat sich eingeredet, dieses Dasein sei ihr Schicksal, von einer unsichtbaren Macht, ohne dass sie explizit gläubig oder religiös wäre, und ihr vielleicht bereits vor der Geburt vorbestimmt: unglücklich durch ein wenigstens materiell intaktes Leben gehen zu müssen. Beinahe ausschließlich zu Hause, sind sie allein und obendrein die Fenster geschlossen und die Vorhänge gezogen, sodass garantiert niemand etwas hört und niemand sie zu beobachten vermag, versucht sie ihren Karl-Heinz mehr oder weniger energisch zu ermuntern, etwas zu unternehmen, »irgendetwas«, bettelt sie dann fast, was auch außerhalb seiner Arbeit erkennen lassen würde, dass noch ein Funken Leben in ihm stecke. Heute jedoch wird sie stolz auf ihn sein, weil er sich aus völlig freien Stücken auf diese Wanderung begeben hat, doch dies wird sie sich kaum anmerken lassen. Es ist zu spät; sich gegenseitig Gefühle zu offenbaren; der Zerfall ihrer Beziehung ist zu weit fortgeschritten.«

»Ich werde sehen«, zische ich Max zu, »was sich daraus machen lässt.«

Nebenan erzählt Karl-Heinz von seinem einzigartigen Erlebnis, seiner befreienden Wanderung auf der einsamen Straße, vom kräfteraubenden Aufstieg, dem beglückenden Moment, in dem er aus dem lichten Gehölz trat und sich auf einer Hochebene wiedergefunden habe, die nahtlos in den Himmel überzugehen schien. Er ist sichtlich stolz auf sich, seine Stimme überschlägt sich beinahe vor Begeisterung, und es wird nicht lange dauern, lediglich einen oder zwei Drinks ist er davon wohl noch entfernt, bis er beschwören wird, »bei allem was mir hoch und heilig ist«, mit diesem einschneidenden Erlebnis sei ihm endgültig klar geworden, er werde sein Leben von Grund auf verändern müssen, nein, stärker: wollen. Dies jetzt endlich anzugehen, habe er beim Blick über diese Hochebene beschlossen, und er gelte völlig zu Recht als Mensch, der einmal gefasste Beschlüsse in die Tat umsetze, »koste es, was es wolle.«

Alfonso hört geduldig zu. Ob die Aufmerksamkeit, die er Karl-Heinz entgegenbringt, eine gespielte ist oder nicht, lässt sich nicht ausmachen. Alfonso ist zu lange im Geschäft, als dass sich aus seinem Gesicht die eine oder andere Regung ablesen ließe. Seine Züge sind jene eines erfahrenen und erfolgreichen Pokerspielers.

Meinen ersten Urlaub auf dieser Insel hatte ich nicht etwa geplant, sondern eines Morgens, über ein Jahr ist seitdem vergangen, ganz einfach den nicht zu bändigenden Wunsch verspürt, für einige Tage dem Alltag zu entfliehen, wegzufahren, an einen Ort zu fliegen, an dem die Sonne täglich vom frühen Morgen bis zum späteren Abend scheinen würde und wo ich auf einer Terrasse sitzen und auf das Meer hinausblicken könnte, nachdem ich den Tag zum Beispiel lesend auf dem Liegestuhl unter einem Sonnenschirm verbracht oder etwas unternommen hätte, eine kurze, nicht zu anstrengende Wanderung vielleicht oder einen langen Spaziergang einem Strand oder einer Küste entlang, die scheinbar kein Ende nähme und sich im Idealfall als beinahe vollkommen menschenleer erwiese. Ich war der Hektik des Stadtlebens müde, aber im Wissen, diese lebendige, pulsierende Umgebung, meinen Lebensmittelpunkt seit vielen Jahren, auf Dauer nicht missen zu wollen. An diesem Punkt meiner Überlegungen, meines Fernwehs angelangt, stieß ich bei der Morgenlektüre auf ein »Schnäppchen«, als solches groß und fett angekündigt, und wählte, ohne die Sache auch nur eine Sekunde zu überdenken, die in der Anzeige genannte Telefonnummer. Wenn ich es mir richtig überlege, war ich anschließend erst in jenem Moment wieder aus jenem angenehmen Dämmerschlaf erwacht, der sich nach der Buchung augenblicklich eingestellt hatte, als ich es mir zwei Tage später im Sitz 12A jenes Flugzeugs, das mich an mein Ferienziel befördern würde, so gemütlich wie möglich gemacht hatte. Und als der Flughafenbus am späten Nachmittag bei meinem Hotel eingetroffen war, hatte ich gleich gewusst, dass ich eine gute Wahl getroffen hatte: Der Ort, an dem ich die nächsten vierzehn Tage verbringen würde, lag weit abseits der touristischen Ballungsräume auf der Insel, doch befand sich, sollte ich dennoch die Lust oder das Bedürfnis verspüren, mich ins Vergnügen stürzen zu wollen, nur wenige Schritte vom Eingang des Hotels entfernt eine Bushaltestelle, von wo aus man eine gute Verbindung zu den belebten Orten und Städten hätte, wurde mir gleich bei meinem Eintreffen im Hotel versichert, und Taxis gebe es ebenfalls in genügender Zahl und zu vergleichsweise günstigen, vernünftigen Preisen.

Mir stand der Sinn zwar (weder beim Eintreffen, noch später) überhaupt nicht danach, mich in den lärmigen Trubel zu begeben, aber einerseits kann man nie wissen, und andererseits genügte mir die Gewissheit vollauf, dem Beschaulichen, Ruhigen, Gemütlichen jederzeit entfliehen zu können, wann immer es mir hier zu eng, zu einsam, zu langweilig würde, um mich sogleich noch freier, gelöster und glücklicher zu fühlen.

Ich unternahm alles, was ich mir vorgenommen oder wovon ich geträumt hatte und beschloss, nicht zuletzt wegen der Nachrichten, die mich von zu Hause erreichten, dass nämlich der Sommer ein verregneter und ein ungewöhnlich kühler sei, im Verlaufe meines Aufenthalts, im kommenden Jahr erneut hierherzukommen, wo ich mich bereits nach wenigen Tagen heimisch fühlte.

Alfonso hatte mir eben meinen ersten Drink dieses Abends gebracht und, mit einem kaum wahrnehmbaren Stirnrunzeln, das mir, da ich den Grund kannte, nicht entgangen war, das Max zugedachte Bier dazu gestellt, als Karl-Heinz an die Bar kam, sich einen doppelten Brandy bestellte und Alfonso mit seiner Erzählung und seinen Fragen in Beschlag nahm.

»Dabei kann es sich eigentlich nur um Henry handeln«, lachte der Barmann eben, während er ein Glas gegen das Licht hielt, in der anderen Hand das weiche Tuch, mit dem er es ausgerieben hatte.

Ich hatte offenbar einige Passagen des Berichts verpasst, den Karl-Heinz mit glühenden Wangen und leuchtenden Augen vorträgt, wird mir klar. Ich nehme mir vor, besser aufzupassen, was der rundum Glückliche dem geduldig zuhörenden Barmann erzählt.

»Allerdings«, gibt Alfonso zu bedenken, »war mir nicht bekannt, dass Henry derzeit hier weilt. Aber, nun ja, ich kann wohl auch nicht alles wissen, nicht wahr?«

Karl-Heinz scheint eine bestimmte Idee zu haben, was die mögliche Identität dieses Mannes betrifft, den er offenbar unterwegs angetroffen hat. Unter welchen Umständen und wo, habe ich ebenfalls nicht mitbekommen. Ich verfluche innerlich meine Unaufmerksamkeit, deren Grund darin begründet lag, dass ich mich einzig auf Max zu konzentrieren versucht hatte. Jedenfalls fragt Karl-Heinz nun, ziemlich offensichtlich lechzend danach, wie mir scheint, seine Vermutung bestätigt zu erhalten: »Henry? Henry wie noch?«

»Das weiß ich nicht«, gibt Alfonso unumwunden zu und greift nach dem nächsten Glas, »einfach nur Henry. Alle hier nennen ihn so. Seit jeher. Henry kommt seit langer Zeit auf die Insel, sicher seit zwanzig Jahren, wenn nicht länger. Die ersten Jahre kam er regelmäßig im Sommer für eine, zwei Wochen hierher, später verbrachte er zwei-, drei-, viermal zwischen dem frühen Frühling und dem späten Herbst eine oder mehrere Wochen bei uns. Zu Beginn stieg er stets hier, in diesem Hotel ab. Später habe ich ihn, zumindest physisch, ein wenig aus den Augen verloren. Ich erfuhr natürlich trotzdem fast immer, wenn er sich auf der Insel aufhielt; er war zu auffällig, zu beliebt, zu angenehm im Umgang, weshalb auch immer der eine Mensch beachtet wird und der andere nicht, als dass es sich nicht ziemlich schnell herumgesprochen hätte, hielt er sich in der Umgebung auf. Henry, hat man mir eines Tages erzählt, habe sich ein Haus gekauft. Drüben angeblich, im nächsten Ort. Obwohl er eigentlich nicht zu den Menschen passt, die dort verkehren. Ohne über jene etwas Negatives sagen zu wollen, die dort leben oder eine Weile das süße, sich vornehm gebärdende Nichtstun genießen: Henry ist, so habe ich ihn kennengelernt, ein charmanter, gescheiter, bescheidener Mann, der keinerlei Aufheben um seine Person macht. Sie wissen, was ich damit sagen will?«

Karl-Heinz nickt, ohne sonderlich interessiert daran zu sein, was Alfonso in seiner diskreten Art ihm sanft beizubringen versucht.

»So besehen«, fährt der Barmann fort, »ist es durchaus denkbar, dass Sie ihm in diesem im Niemandsland begegnet sind, jene Umgebung würde ihm und seiner angenehmen, zurückgezogenen Art jedenfalls eher entsprechen, die ich als nachgerade introvertiert in Erinnerung behalten habe.«

»Ein großer, stämmiger Mann mit weißem Haar, das ihm bis in den Nacken reicht?«, insistiert Karl-Heinz.

»Könnte passen«, nickt Alfonso und wischt das letzte Glas makellos rein.

Karl-Heinz kommt endlich auf den Punkt: »Künstler? Musiker? Schriftsteller?«

Alfonso lacht: »Eher nicht. Er hat zwar nie ein Wort darüber verlauten lassen, wie er sein Geld verdient. Wenn ich mich nicht täusche, besaß er jedoch eine eigene Firma. IT oder etwas in diese Richtung. Jedenfalls, glaube ich mich zu erinnern, war er in einer Branche tätig, die damals boomte und ihn zu einem nicht nur finanziell unabhängigen Menschen machte. Genaueres weiß ich nicht und ist wahrscheinlich niemandem hier geläufig. Denn ich bin überzeugt, dass er sein Geheimnis niemandem auf der Insel anvertraut hat.«

Karl-Heinz ist die Enttäuschung deutlich anzusehen. Wie gerne, lässt sich aus seinem Gesicht ablesen, hätte er doch im trauten Kreis, eventuell hinter vorgehaltener Hand, um die Exklusivität seiner Botschaft zu unterstreichen, mit leiser Stimme erzählt, er habe unterwegs eine bedeutende Persönlichkeit angetroffen. Vielleicht hätte er dabei sogar ein wenig geflunkert, hätte angedeutet oder durchblicken lassen, wie gut sie sich unterhalten hätten und zum Zweck der weiteren Ausschmückung ein spannendes Gespräch erfunden, das sich zwischen ihm und diesem freundlichen, zuvorkommenden, gebildeten Prominenten entwickelt habe.

»Er wirkte auf mich aber wie ein Künstler«, nimmt Karl-Heinz einen neuerlichen Anlauf.

Alfonso stützt sich mit beiden Händen am Tresen ab, denkt nach, die Stirn in Falten gelegt, oder nimmt diese gut eingeübte Pose ein, die dem Gast vorzugaukeln soll, er versuche sich an eine Kleinigkeit zu erinnern, die dessen Annahme bestätigen könnte.

»Vielleicht Architekt?«, beginnt Alfonso nach einer Weile tatsächlichen oder vorgetäuschten Nachdenkens und, gespielt oder nicht, etwas unsicher, um zunehmend bestimmter fortzufahren, eine gekonnte Steigerung, muss ich neidlos zugestehen und amüsiere mich: »Ja, durchaus, er könnte Architekt sein, dies wäre ja gewissermaßen auch ein künstlerischer Beruf, nicht wahr?«

Alfonso lächelt, wendet sich mit einer kleinen Entschuldigung ab, »die Arbeit ruft.« Eine Mutter auf der anderen, der Terrasse zugeneigten Seite der Bar möchte zwei Eisbecher für ihre neben ihr stehenden Kinder kaufen, deren Augen vor Vorfreude glänzen.

Natürlich kann Karl-Heinz diese ziemlich vage Antwort nicht befriedigen, denn »Architekt« klingt nun nicht gerade so, dass man später vor dem befreundeten Paar und der eigenen Gattin damit prahlen könnte. »Ich habe unterwegs Henry wie auch immer getroffen, er soll Architekt sein, und wir haben einige Worte miteinander gewechselt«, wäre keine sonderlich exklusive Botschaft, ist Karl-Heinz sich bewusst. Als Alfonso zurückkehrt, spricht er deshalb noch einmal eindringlich auf ihn ein, als bettle er, ein Verdurstender, um einen Schluck Wasser, der ihn davor bewahren würde, weitab der Heimat, verlassen von allen Getreuen, elendiglich zugrunde gehen zu müssen: »Und die Frau an seiner Seite?«

»Sofern Sie tatsächlich Henry gesehen haben, so denke ich, die Frau gehörte kaum zu ihm«, gibt Alfonso zurück, »jedenfalls hat man ihn meines Wissens nie mit einer Frau gesehen. Manche vermuteten gar, er pflege, wenn überhaupt«, Alfonso senkt die Stimme, »eher mit einem Mann, denn mit einer Frau eine Beziehung. Aber vielleicht hat ihn ganz einfach seine Familie nie begleitet bei seinen Reisen auf unsere Insel, aus Gründen, die mich, die uns nichts angehen, und es war diesmal somit und allenfalls seine eventuell langjährige, wenn nicht lebenslange Partnerin bei ihm, die Mutter seiner Kinder, seine junge Geliebte. Was weiß ich.«

Alfonso versucht offensichtlich, das Gespräch zu beenden; aus seiner Sicht gibt es dem bereits Gesagten und Erläuterten nichts weiter beizufügen.

Karl-Heinz begreift langsam, seine Recherche würde wohl kaum zu einem befriedigenden Ergebnis führen; der Traum, sein Ausflug könnte durch eine ungewöhnliche Beobachtung seine Krönung erfahren haben, ist definitiv geplatzt. Er trinkt aus. Kurz darauf erscheinen Claudia, Hannes und Sybille. Karl-Heinz begleicht die Rechnung. Die beiden Paare wechseln, sich heiter unterhaltend, auf die Terrasse. Zu gerne würde ich erfahren, ob und was Karl-Heinz ihnen dort über seinen heutigen Ausflug erzählt!

Ich gebe Alfonso ein Zeichen. Alfonso bestätigt mit einem Nicken, dass er verstanden hat, tritt dann aber doch vor mich hin, er hat Stil, dieser Barmann, alte Schule: »Noch einmal dasselbe?«

Ich nicke.

»Da hätten wir«, sagt Alfonso, als er die Getränke bringt, »einmal den Gin Tonic für Sie, und einmal«, er blickt mich ziemlich offenkundig fragend und prüfend an, wie mir scheint, »das Bier für Max.«

Karl-Heinz steht noch immer wie angewurzelt an derselben Stelle und ringt mit sich. Es müsste doch, versucht er, sich einen klaren Kopf zu verschaffen, ein

Leichtes sein, die richtige Entscheidung zu treffen, zumal er in seinem beruflichen Alltag nicht als jemand gilt, der zögert und zaudert, sondern geschätzt wird als einer, der sich jede Sache gründlich, aber mit beachtlichem Tempo überlegt. Aber in dieser Situation... Karl-Heinz fühlt sich vollkommen hilflos. Wie gut wäre es doch, nur noch selten kommt ihm dieser Gedanke, Claudia wäre jetzt bei mir, sie wüsste sofort, was zu tun wäre.

Die Entscheidung, ob er zur Klippe vortreten oder weggehen soll, wird ihm jedoch abgenommen, denn in diesem Augenblick tritt jemand aus dem Schatten des Gebäudes heraus, das sich rechterhand der Frau befindet. Ein stämmiger Mann mit weißem Haar, das ihm bis beinahe auf die Schultern fällt, möglicherweise ein Künstler, durchfährt es Karl-Heinz. Er trägt das Hemd offen über dem Hosenbund und eine Jeans, die, glaubt der Beobachter selbst aus dieser Distanz eindeutig zu erkennen, schon bessere Tage gesehen hat. Der Weißhaarige geht auf die Frau zu.

Karl-Heinz wendet sich ab.

Etwas anstrengend, dieser Karl-Heinz«, werfe ich ein, beiläufig, die darin enthaltene Frage so weit abschwächend, dass es ganz alleine Alfonsos Entscheidung ist, auf welche Weise und ob er allenfalls darauf eingehen will. »Das Übliche«, zuckt Alfonso die Schultern, »ich weiß nicht, weshalb so viele, die unterwegs zufällig jemandem begegnet sind, stets vermuten müssen, es habe sich dabei um eine bekannte Persönlichkeit gehandelt. Sie wissen schon: bekannt aus Rundfunk, Film und Fernsehen.«

Wir lachen gemeinsam.

»Sie waren doch dieser Tage dort oben«, erkundigt sich Alfonso, »das jedenfalls haben Sie mir im Verlaufe des gestrigen Abends erzählt.«

Ich nicke.

»Ist Ihnen da etwas Besonderes aufgefallen?«

Ich schüttle den Kopf: »Nein, nichts. Vergangenes Jahr hatte ich ja diese ziemlich ungewöhnlich gekleidete Frau, die ebenfalls hier abgestiegen war, dort angetroffen, beziehungsweise sie zufällig dabei zu Gesicht bekommen, als sie über den Rand der Klippe hinaus auf das darunterliegende Meer blickte.«

»Alice«, sagt Alfonso und nickt seinerseits.

»Sie haben sich ihren Namen gemerkt?«

»Das geht bei mir ziemlich automatisch«, verrät der Barmann, »allerdings war dieses Trio ja auch ziemlich außergewöhnlich, nicht wahr? Drei völlig unterschiedliche Frauen, die eine trank ausschließlich Fruchtsäfte, die zweite genehmigte sich, wenn die drei Frauen oft genug bis weit nach Mitternacht bei mir an der Theke saßen, höchstens ein einziges Glas Wein und die dritte hat die Caipirinhas in sich hineingeschüttet, als handle es sich um Wasser. Drei Freundinnen, niemals ein böses Wort untereinander. Dass drei derart verschiedene Menschen so gut miteinander auskommen und dies während der gesamten vierzehn Tage, die sie hier weilten, habe ich noch selten erlebt. Und dann ihre Vornamen, sie sind mir wohl deshalb geläufig geblieben, weil sie alle mit demselben Vokal begannen: Anna, Alice und Aline.«

Ich glaube, Max sich räuspern zu hören.

Gab es wirklich keine Veränderungen dort oben, seit Sie letztmals dort waren«, dringt Alfonso weiter in mich, als er mir später meinen dritten Gin Tonic bringt und für Max ein frisches Bier, »haben Sie genau hingeschaut?

»Nichts«, versichere ich, »die Ebene trostlos rotbraun wie eh, der alte Stall unbenutzt und nach meiner nüchternen Einschätzung noch ebenso einsturzgefährdet, wie ich ihn vom letzten Sommer her kannte. Den Ausblick, den man von der Klippe genießt, empfand ich ebenso spektakulär wie beim letzten Mal, er allein macht es lohnenswert, die eine Stunde Fußmarsch auf sich zu nehmen. Aber weshalb fragen Sie?«

»Dieser Karl-Heinz«, sagt der Barmann, »er hat etwas von einem Stall genuschelt, der ausgesehen habe, als handle es sich dabei um ein einfaches Ferienhaus.«

Ich lache: »Dieser baufällige Haufen Steine?«

Alfonso stimmt in das Lachen ein: »Mir sollte so etwas wohl nicht über die Lippen kommen, doch gleichwohl, ganz im Vertrauen: Es tauchen hier immer wieder verrückte Gäste auf. Er hat wohl etwas viel Sonne erwischt, dieser Karl-Heinz, vermute ich.«

Er will sich abwenden.

Ich halte ihn zurück: »Ich habe nicht gelauscht«, glaube ich mich plötzlich entschuldigen zu müssen, »aber ich habe trotzdem gehört, was Sie über diesen Henry erzählt haben.«

»Beginnen Sie nicht auch noch damit«, erwidert Alfonso und verzieht sein Gesicht zu einem schiefen Grinsen, »ich habe heute schon genug geflunkert.«

»Geflunkert?«

»Nun ja«, bekennt Alfonso, »wann immer jemand bei mir an der Bar sitzt und mich mit Fragen zu einer unbekannten Person löchert, der er unterwegs begegnet ist, und von der er nun vermutet, es habe sich dabei um eine wichtige Persönlichkeit gehandelt, greife ich auf Henry zurück.«

»Ich verstehe nicht.«

»Nun«, sagt Alfonso, seine Stimme ist leiser als zuvor, er will ganz offensichtlich nichts unversucht lassen, damit niemand außer mir sein Geständnis mithören kann, »Henry nimmt jede Gestalt an, die ich ihr verleihe. Denn ich kann den Gästen schlecht die Illusion nehmen, sie hätten unterwegs jemanden von Bedeutung angetroffen. Mit Henry gebe ich ihnen die Gewissheit, mir sei zwar einerseits bekannt, um wen es sich handle, andererseits wüsste ich jedoch nichts weiter über ihn oder wollte, die Diskretion des Barmanns, Sie verstehen?, nichts über ihn verraten. Also wird der Gast überzeugt sein, die Person, die er angetroffen hat, müsse sehr wohl bedeutend sein, gerade weil ich nicht näher auf ihre wichtige Position in dieser Welt eingehen wollte.«

»Sie meinen, Henry existiert gar nicht?«

»Erfunden«, bestätigt Alfonso und zwinkert mir noch einmal verschwörerisch zu, »verraten Sie mich nicht. Wobei ich diesbezüglich zuversichtlich bin. Sie möchten selber wohl kaum riskieren, dass jemand von ihrem«, er hüstelt, räuspert sich und grinst dann, indem er auf den Barstuhl neben mir deutet, »ähm... Freund Max erfährt.«

Der Mann auf der Bank scheint tatsächlich nett und ehrlich zu sein, denkt sie. Sein Lachen gefällt ihr. Er hat die eine Hand an die Stirn gehoben und schirmt die Sonne ab, die ihn blendet. Er hat sie, was in ihren Augen eindeutig für ihn spricht, nicht von oben bis unten gemustert, wie sie dies oft genug erlebt hat und wie es ihr zuwider ist, sondern blickt ihr unverwandt ins Gesicht, ohne seine Augen von den ihren abzuwenden. Selbst seine Augen lachen, registriert sie. Sie weiß nicht, was sie sagen soll und tritt vom einen Fuß auf den anderen. Sie besieht sich den Unbekannten genauer. Sein weites, schwarzes Hemd trägt er offen über dem Hosenbund und dazu offensichtlich viel getragene, oft gewaschene

Jeans und Alltagsschuhe, sie ebenfalls etwas abgetragen. Auffallend ist sein dichtes, weißes Haar, das seine Ohren bedeckt.

Sie gibt sich einen Ruck, bedankt sich: »Ich will Sie nicht weiter belästigen.«

Trotzdem geht sie weiter auf ihn zu, steht nur noch wenig mehr als eine Armlänge von ihm entfernt erneut still.

»Sie belästigen mich keineswegs«, lacht er und erhebt sich mit einem ehrlich erschrockenen Gesichtsausdruck: »Wie unartig von mir, einfach sitzenzubleiben. Ich bin mir Besuch nicht mehr gewöhnt. Wenn ich mich hier oben aufhalte, scheine ich sogar die guten Manieren vergessen zu haben. Aber setzen Sie sich doch für einen Moment zu mir und genießen Sie mit mir die fantastische Aussicht.«

»Henry«, sagt er, nachdem sie Platz genommen haben, zwischen sich so viel Abstand, wie dies die einfache Holzbank zulässt, und streckt ihr die Hand entgegen.

Sie zögert eine Sekunde.

»Alle hier nennen mich so.«

»Sie leben hier?«

»Nein«, bekennt er, »wenigstens nicht das ganze Jahr hindurch. Aber ich komme seit über zwei Jahrzehnten jedes Jahr auf diese Insel.«

»Alice«, sagt sie schließlich und ergreift seine Hand. Sein Händedruck ist fest, die Haut fühlt sich gut an.

»Ihr Haus?«, fragt sie nach einer Weile, indem sie auf das Gebäude in seinem Rücken deutet, weil ihr sonst nichts einfallen will.

»Nein«, lacht er, »ein solches Haus kann man heutzutage kaum mehr legal erwerben. Aber der Besitzer, ein Einheimischer, der in den vielen Jahren, die ich auf diese Insel komme, zum Freund geworden ist, hat mir erlaubt, es für meine bescheidenen Bedürfnisse herzurichten. Offiziell ist es noch immer ein Stall für Tiere, die es hier oben längst nicht mehr gibt.«

»Es ist schön«, sagt sie, »und wunderbar gelegen. Aber fühlen Sie sich nicht einsam hier oben?«

Er schüttelt den Kopf: »Für mich ist dies der perfekte Ort, um der Hektik des Alltags zu entfliehen, der mir in meinem anderen Zuhause, meinem anderen Dasein noch immer regelmäßig unerträglich wird, obwohl ich mich bereits vor Jahren vollständig aus dem Geschäfts- und mittlerweile dem öffentlichen Leben wenigstens weitgehend zurückgezogen habe.«

Alice fallen unzählige Fragen ein, die sie alle gleichzeitig stellen möchte. Doch sie schweigt. Stumm sitzen sie eine ganze Weile am Rand des Plateaus nebeneinander auf der Bank unter den drei kärglichen Bäumen und blicken in den Himmel und hinaus auf das sich in der schieren Unendlichkeit verlierende Meer.

Er wird seinen Arm um ihre Schultern legen und sie dies zulassen, später, vielleicht, wenn die Sonne beim Untergehen Meer und Himmel rot einfärbt, sie sich, geplagt von Gewissensbisse, nachdem weitere Zeit verstrichen ist, aus seinen Armen lösen, zu ihrem Handy greifen, »ich muss meinen beiden Freundinnen Bescheid geben, mit denen ich meinen Urlaub hier verbringe, dass ich aufgehalten wurde«, aufgehalten ist gut, denkt sie, kaum ist ihr das Wort entschlüpft, »sonst geraten sie in Panik. Wer weiß, welche Hebel sie aus Angst über meinen Verbleib in Bewegung setzen würden!«, bevor sie sich wieder an ihn schmiegen, er seinen Arm erneut um sie und sie ihren Kopf auf seine Schulter legen wird.

Max scheint zu lächeln, als ich ihm die Geschichte bis hierhin erzählt habe, während ich sehr gemächlich zum Hotelzimmer zurückgehe: »Nicht schlecht für den Anfang. Du bist auf dem richtigen Weg. Etwas kitschig für meinen Geschmack. Aber schließlich ist noch kein Meister vom Himmel gefallen.«

Broglio, Mai 2016

Martin Andreas Walser

Die Notizen des Verstummten

ISBN 9-783848-230693, Erzählung,
2014, 112 Seiten, Paperback

Eines Tages war es einfach genug gewesen: Robert hatte genug geliebt, gehofft, gelitten, erlebt, erfahren, gelesen, gesehen, gehört. Also zieht er sich zurück in eine Institution, die ihm das ermöglicht, was stets zu kurz kommt: »Nur denken, nachdenken: das kann man nie genug«, vertraut er seinem schwarzen Notizbuch an.

Das »fiktive Porträt«, so der Untertitel der Anfang 2014 erschienenen Erzählung »Die Notizen des Verstummten«, erzählt die Geschichte des Literaten Robert, der in seinem schwarzen Notizbuch, fünf davon füllt er in seiner Kammer und das sechste ist bereits halb voll, vermerkt:

»Wie soll man aufgrund der täglichen Beobachtungen anders können, als an der Welt zu verzweifeln? Irgendwann muss es einfach genug sein mit all dem Plappern und Nachplappern, mit all diesem gedankenlosen Dahergerede, mit diesen derart leicht zu durchschauenden Lügen. Sie verboten, verunmöglichten!, es mir eines Tages, alles sträubte sich in mir dagegen!, weiter an ein Gutes auf diesem Erdball zu glauben. Ich sah mich genötigt, aufzuhören damit, die Reinheit von Gefühlen zu beschreiben, die Macht der Liebe zu besingen, die Landschaft in bunten Farben erstrahlen und die Menschen von innen heraus leuchten zu lassen, denn alles, was uns täglich begegnet, straft jene Harmonie Lügen, die ich in den Mittelpunkt meiner Betrachtungen stellte, Tag für Tag und Nacht für Nacht belegt das Verhalten weiter Teile der Menschheit das Gegenteil dessen, wovon ich berichtete und was ich als Ideal besang.«

Martin Andreas Walser

Wiederkehr

ISBN 9-783735-741387, Erzählung, 2014, 108 Seiten, Paperback

Thomas Wiederkehr ist ein Mann ohne besondere Eigenschaften. So jedenfalls wird er im Unternehmen wahrgenommen, für das er tätig ist. Dass er durchaus eine andere Seite hat, weiß niemand, denn er hält sein privates Leben strikte vom öffentlich sichtbaren getrennt.

Und vielleicht hätte er sich nie mehr an seine erste, seine Jugendliebe erinnert, wäre er, mittlerweile über 60 Jahre alt, nicht auf einem der Flure des Unternehmens mit einer jungen Frau zusammengestoßen: »Wäre da nicht diese junge Frau in mein Leben getreten, wie wichtig dies klang!, in Wahrheit ein winziger Zufall, herbeigerufen, wodurch sie ins Gespräch kamen, durch eine kleine Unaufmerksamkeit, ihrerseits?, seinerseits?, hätte ich mich wohl nie, zumindest nicht in dieser Intensität, an jenen Nachmittag zurückerinnert: dies wusste er.«

Seine Gefühlswelt gerät in Unordnung; Thomas Wiederkehr ist verunsichert. Zumal er zu spüren glaubt, dass er sich nicht einfach in diese junge Frau verliebt hat, sondern dass sich dahinter etwas verbergen könnte, was er nicht einzuordnen weiß. Er flüchtet in den Süden, in das Haus eines Freundes.

Da klopft jemand eines Abends völlig unerwartet an seine Tür...

Die Romane

DEINSEIN (ISBN 9-783738-612967, 2015, 184 Seiten, Paperback)

DIE ZUKUNFT DER ZUKUNFT:
ZUR VORSPEISE DIE FLAMME

TEIL 1 (ISBN 9-783842-339699, 2010, 188 Seiten, gebunden)

TEIL 2 (ISBN 9-783848-225828, 2012, 256 Seiten, gebunden) *

SCHERBENLEBEN
(ISBN 9-783848-230693, 2012, 80 Seiten Paperback) *

UNGLÜCK
(ISBN 9-783839-134382, 2009, 268 Seiten, Paperback)

VOM LEBEN
(ISBN 9-783837-070996, 2. Auflage 2009, 224 Seiten, Paperback)

Kurzprosa

ZWISCHENHALT
Notizen, Gedanken, Texte
(ISBN 9-783732-244928, 2013, 108 Seiten, Paperback) *

* = auch als E-Books erhältlich

www.martinwalser.ch

Die Erzählungen

AUSBLICK AUF EIN PLATEAU, AUF DESSEN ÄUSSERSTEM RAND DREI BÄUME, EINE SITZBANK UND EIN EHEMALIGER STALL STEHEN KÖNNTEN
(ISBN 9-783741-208959, 2016, 88 Seiten, Paperback) *

WIEDERKEHR
(ISBN 9-783735-741387, 2014, 108 Seiten, Paperback) *

DIE NOTIZEN DES VERSTUMMTEN
(ISBN 9-783732-244928, 2014, 112 Seiten, Paperback) *

JAKOB, DER HAUSDIENER
(ISBN 9-783732-231041, 2012, 96 Seiten, Paperback) *

AM SEE
(ISBN 9-783844-819595, 2012, 96 Seiten, Paperback) *

VALLEMAGGIA
(ISBN 9-783844-810981, 2011, 80 Seiten, Paperback) *

SILBERHERZ
(ISBN 9-783842-351431, 2011, 120 Seiten, Paperback)

HERZBLUTEN
(ISBN 9-783839-162903, 2010, 88 Seiten, Paperback) *

SEHNSUCHT
(ISBN 9-783839-115855, 2. Auflage 2011, 80 Seiten, Paperback) *

* = auch als E-Books erhältlich

www.martinwalser.ch